FIND 警察庁特捜地域潜入班・鳴瀬清花

内藤 了

角川ホラー文庫
23432

目次

――ほとんどの人々は条件付きの幸せを求める。
だが幸せは、条件を付けないときにしか感じられないものだ。
アルトゥール・ルービンシュタイン：ピアニスト――

プロローグ

風を震わせるようにして山全体が鳴いていた。

その鳴き声はチリンチリンでもリンリンでもなくて、上手に音を出せないたくさんの鈴が砂を噛《か》みながらすすり泣くような声だった。夕暮れが迫って風は冷たく、あちらこちらから闇が染み出してくる。山もきっと怖いんだ、と女の子は考えた。土の道は黒く湿って、両側に茶色い落ち葉がたまっていて、母親の足音が、ペタペタ、ヒタヒタと響いて聞こえる。真っ黒で大きな木々がトンネルになり、先のほうだけが少し明るくて、そこから緑の枝が覗《のぞ》き込んでいる。振り向けば黒い道が鈴のような悲鳴を上げて延び、トンネルは歩くほど出口が逃げて行くようで、歩いても、歩いても、森はどんどん深くなる。

女の子は母親と手をつないでいたけれど、これほど強く手を握られたことがなかったので、お母さんも怖いのかもしれないと考えて、そうすると余計に恐怖を感じるのだった。いったいどこまで行く気かな。おトイレだけのはずじゃなかったのかな。

「おかあさぁん……早く『きゃんぷ』に帰ろうよぅ」

勇気を出して言ってみた。

母親は答えない。

女の子は手を引かれながら、また後ろを振り返る。これは本当にお母さんかな。どうして何も言わないのかな。おトイレで別れて外に出たとき、お母さんとオバケが入れ替わってしまったとか……大丈夫かなと考えて母親を仰ぎ見たけれど、伸びた髪が顔を覆っていて怖い。手を握る強さも痛いくらいだ。母親は唇を真一文字に引き結び、どこか一点を見つめている。女の子は捻《ねじ》って手を外そうとしたが、母親はますます速く歩き始めた。怖くて抗《あらが》ったら立ち止まり、とても恐い目で睨《にら》まれた。

母親は立ったままポケットに手を入れて飴玉《あめだま》をひとつ出し、手早く包み紙を剝《む》いて、なかば強引に女の子の口へ押し込んだ。

そしてまた歩き始める。

深々と胸を貫く森の匂い。けたたましく山は鳴き、木々の隙間に見える空は赤黒い。二人はようやく木のトンネルを抜けた。少しだけ、頭上の木々がまばらになったのだ。

母親は立ち止まり、山のほうへと視線を振った。土の道は枯れ葉のたまった場所から先がボウボウの草藪《くさやぶ》になっていて、両手を前に垂らした幽霊みたいに草がこちらへお辞儀していた。草丈は女の子の胸のあたりまであって、見上げる高さにまで続いている。その中に赤い布きれがチラリと見えた。

母親は女の子の手を引いたまま草藪の中へ踏み入った。赤い布きれは小さな頭巾《ずきん》で、そこにお地蔵さんが立っている。とても小さな石の地蔵で、女の子の膝《ひざ》あたりまでしか背丈がなくて、ほとんど草に埋もれていた。母親は道を逸《そ》れ、地蔵の脇から山へ入った。草の先端が目に入りそうで、女の子は目を閉じた。とたんに草に足を取られて転びそうになる。母親はまた立ち止まり、肩に担いでいたバッグを首に掛け、自分の体の前に回した。

「ほら」

それから、その場にしゃがんで背中を向けた。首にぎゅっと手を回し、母親の背中に負ぶさると、ほつれた髪からかすかにシャンプーの匂いがした。

やっぱりお母さんだった。

飴の甘さを味わいながら、背負われて山道を登っていく。山はまだ鳴いていたけれど、なぜかもう怖くない。森の木立を抜ける夕日があまりにきれいで、お遊戯会で着たレースのスカートみたいに見える。母親は枝にすがるようにして山を登り、女の子はやがて地面に下ろされた。その場所は頭上に木がなくて、草の地面に森の影が落ちていた。アパートのリビング程度の平らな場所で、さっきのお地蔵さんと同じくらいの石像が幾つも並んで立っていた。猫のかたちのものもあれば、石の土台に子供の落書きを彫ったようなものもある。ボールのように丸い石、サイコロのように四角い石、犬がお座りした姿のものまであった。平らな窪地は片側が高くなっていて、木々の隙間に穴があり、穴の上部に神社で見るような縄と紙のボロボロなやつが下げられていた。奥の方は真っ暗で、山はまだ数百の鈴さながらに鳴っていた。

母親は再び手をつなぎ、女の子と一緒に穴の前まで行った。そこには俎板《まないた》みたいに平らな石が置かれていて、水や花が供えられていた。垂れ下がる蔓《つる》にはブドウみたいな花が咲き、鳥のような形の小さい生きものがホバリングしながら蜜《みつ》を吸っていた。鳥なのか、虫なのか、姿をよく見たいのに動きが速すぎて正体がわからない。女の子はつないでいた手を離して見に行った。

けれど、やっぱり正体はわからなかった。花から花へ、どんどん移動してしまうから。それで女の子は窪地に置かれた石像に興味を移した。丸い石を撫《な》でてみて、何度か揺すっていると少し動いた。隣にあるのは猫のかたちだ。頭がとても大きくて、お稲荷《いなり》さんの番をする狐のように座っている。別の場所には犬もいる。狐かもしれないと思ったけれど、やっぱり犬のようである。鼻が丸くてかわいらしい。

女の子は花を摘み、猫と犬のために餌を作った。コロコロと飴を舐《な》めながらママゴト遊びに興じている。

うわんうわんと山が鳴く。重なるような鈴の音がヒグラシのものだということを、女の子はまだ知らない。母親は女の子が花を摘む様子をしばらく見守ってから、持って来たバッグを俎板石《まないたいし》の上に載せた。石の奥には穴がある。大人が腰を屈《かが》めれば入って行けそうな穴である。注連縄《しめなわ》はボロボロで取れかけていて、青黒くて巨大なヤスデが地面を這《は》っていた。

母親は俎板石の前で直立不動になると、両手を合わせて目を瞑《つぶ》った。そして、

「コノコアゲマス……コノ子アゲマス……この子あげ……」

小さな声で唱え始めた。風が吹き、母親の声を穴へと運ぶ。それはあたかも呪文《じゅもん》のようで、意味を成す言葉に聞こえない。女の子は藪に咲く花を摘み、木の葉の皿に料理を盛った。犬と猫にごはんをあげたら隣の石像も欲しそうにしている。だからそちらにもごはんを作った。そしてその隣の石にも。

石と遊ぶのに夢中になっているうちに、口の中の飴がなくなった。どれくらい遊ん

でいただろう。立ち上がってまわりを見ると母親はどこにもいない。山が鳴く声もいつしか止んで、森を抜ける光は赤銅色になり、下草が黒く沈んで見えた。

「おかあさん？」

呼んでも答える声はない。たった今まで友だちだった犬や猫の石像も、ただの石に戻ってしまった。女の子は振り返ってもう一度呼んだ。

「おかあさーん！」

山のどこかでこだまが答える。オカアサーン、オカアサーン、オカアサーン……風は湿って空気は冷たく、夕闇の気配が満ちている。

「おかあさーん」オカアサーン、オカアサーン、オカアサーン……。

呼ぶ声は森にこだまして、暮れ色の空へと散っていく。女の子はうろたえた。森を引き返そうにも、どこから来たのか覚えていない。

母親のバッグは俎板石に置かれたままだ。

「どこ？　おかあさん。どこ？　おかあさん、おかあさーん！」

声の限りに叫んでも、母親の姿は見えない。答えもしない。

「……おかあさん」

はぐれたとは思えない。捨てられたのだと女の子は思った。みんなでキャンプに行くなんて、すごく楽しみだったのに、お出かけできて嬉《うれ》しかったのに、やっぱり自分は捨てられたんだ。はっはっはっ、と呼吸する。焦りと恐怖と悲しみが一緒くたになって襲ってきたのだ。それでも歯を食い縛り、女の子はバッグを取って胸に抱えた。

「おかあさーんっ！」

それはもう母親を呼ぶためではなくて、思いの丈を叫ぶ悲鳴に近かった。金切り声で吠《ほ》えたとき、ビュウッと大きく山が揺れ、パラパラと葉っぱが降ってきた。森も山も暮れていく。帰り道がわからない。そのとき、どこかで声がした。

――こっち……――

聞いたことのない声だ。どことなく後ろめたそうで、けれど必死な響きがあって、冷たい風と一緒に聞こえた気がした。

「だれ？」

――……こっち……――

「だれ？」

――こっちだよ……――

穴にかかった注連縄が風でゆらゆら揺れている。山も草地も赤く見え、でも穴の奥だけは真っ暗で、微《かす》かな風が吹いてくる。

「だれ？」

勇気を振り絞ってもう一度聞くと、穴の奥で何かが動いた。

女の子はバッグを抱え、そろそろと穴に近寄った。しゃがんで奥を覗《のぞ》き込む。

――こっち――

それは小さな白い手で、穴の奥からおいでおいでと手招いている。女の子はしゃがんだままで、一歩穴に近づいた。こっち……こっち……こっちだよ……招く手は次第に多くなり、女の子はまた穴に近づいた。

おいで……こっち……こっちだよ……

風が木立をさやさや揺らし、石の犬と石の猫のごはんをさらった。

葉っぱに盛り付けた花はちりぢりに散って、そこに女の子がいた形跡など、あっという間になくなった。夕日はつるべ落としに山奥へ消え、一番星が瞬きだした。あたりが闇に包まれたとき、女の子はもういなかった。ヒグラシの代わりに虫が鳴き、夜の山はまた様々な音で賑《にぎ》やかになった。けれど洞穴は静まりかえって、女の子が泣く声も、母を呼ぶ声も聞こえなかった。

【ニュース速報】

お盆に家族と牡鹿沼山《おがぬまやま》キャンプ場を訪れていた、日光《にっこう》市在住の田中星《たなかひかり》ちゃん六歳が行方不明になっています。星ちゃんは母親と一緒にキャンプ場のトイレへ向かいましたが、先にトイレを出たあと行方がわからなくなりました。キャンプ場の防犯カメラには、星ちゃんが遊歩道のほうへ向かって走って行く姿が録画されていました。捜索隊や村の人たちが周辺を捜していますが、星ちゃんはまだ見つかっていません。

牡鹿沼山の周辺では二〇一八年にも五歳の子供が行方不明になっていて、ボランティアによる捜索活動が定期的に行われていますが、現在も行方がわかっていないということです。

第一章　神奈川県警刑事部捜査第一課　木下清花

灰色の床に白い壁、天井も白いその部屋は、小さな机と椅子以外には何もない。机も椅子も白色で、二人の男が机を挟んで向かい合うように掛けている。室内で唯一色があるのは天井に設置された半球状のカメラで、ドームのライトが赤色だ。二人の男はそれぞれ紺のスーツと黒いパーカーを身に着けている。

公正な取り調べを促すため警視庁各署の取調室に設置型装置が取り付けられたのは二〇一四年のことである。同様の取り組みは全国の警察署へ広がって業務の可視化が図られ、壁のマジックミラー越しに隣室から様子を見守るスタイルは徐々に消えつつあるという。

神奈川県警本部では木下清花《きのしたさやか》警部補が別室からモニター越しに聴取の様子を確認していた。パーカーを着た男は被疑者の本堂結羽《ほんどうゆうき》三十二歳で、大手商社に勤めるエリートサラリーマンだ。スーツ姿で対峙《たいじ》するのは清花の部下で、仲間内では『忠《ちゅう》さん』と呼ばれるたたき上げのベテラン刑事だ。

「正男《まさお》くんと言ったかな？　無事に一命をとりとめたようだ」

ベテラン刑事は背中に鉄板を入れられたように背筋を伸ばし、両手で机の縁《へり》を押さえている。対する本堂は体を斜《はす》に傾けたまま、自分の二の腕あたりを見つめていた。だらしなく背もたれに寄りかかり猫背になって座る姿は、生活指導室に呼び出された非行少年さながらだ。

「息子さんは、意識が戻れば話もできると思うがね、それを待つより自分の口で話してくれたらどうだろうかね？」

本堂は身動きすらしない。意図して顔を背けているが、高性能のドーム型カメラは額に滲《にじ》む汗すらも鮮明に映し出す。それを見て清花は呟《つぶや》いた。

「子供が助かったと言ってるのよ？　普通の親ならどうするの？　ほら、考えて――」

前のめりになってモニターを睨《にら》みつけ、右手を拳《こぶし》に握っている。

「――普通なら容態を訊《たず》ねるわよね。それが親ってもんでしょう」

清花の背後には部下たちが並んで立っている。中の一人が顔を傾けて、隣の刑事に囁《ささや》いた。

「まただよ」

清花自身は心の声が口に出ていることを気にしない。隣の刑事は鼻で嗤《わら》った。

「直情なのさ……女だからな」

今年配属されてきたばかりの若い刑事は二人の会話に首をすくめた。木下清花はこの班の班長だが、部下たちの信頼が厚いとは言い難い。判断が速く、迷いもなく、キビキビとしてやり手なのになぜだろうと思っていたが、時が経つにつれその理由がわかってきた。ボスは直情型でワンマンなのだ。それゆえ行動に余裕がなくて、部下の感情を振り回す。若い刑事は大きく広げた脚の真ん中で手を組むと、先輩刑事らの声など聞こえなかった顔をした。

班長はデスクに載せたモニターの前に陣取っており、隣には年配の参事官がいて、共に取調室の様子を眺めている。清花は肩で溜息《ためいき》を吐き、また声に出してこう言った。

「この手の犯罪をする男は想像力なさ過ぎ。いい父親の振りをするなら徹底的にやればいいのに、甘いのよ。普通は子供の容態を何より心配するものでしょう」

「まあまあ、木下くん」

と参事官に言われて清花はようやく口を閉じたが、その目は本堂を射殺すように光っている。部下たちは視線を交わして首をすくめた。

「昨夜から朝にかけて何があったか、もう一度話してもらえませんかね」

取調室でベテラン刑事の忠さんが訊《き》く。本堂は大きく溜息を吐き、

「だから、初めに話したままですよ――」

と、イラついた声で答えた。

「――翌朝は重要な会議があって、早めに出勤したと言ったじゃないですか」

清花が次を喋《しゃべ》る前に、若手刑事が吐き捨てた。

「ダメですね……会議なんてなかったことは、会社に問い合わせて調べがついているっていうのに」

「警察舐《な》めるのもいい加減にして欲しいわ」

清花が口の中でブツブツ言うので、刑事たちは呆《あき》れて宙を見上げた。

「少なくとも計画的犯行ではなかったということだな」

フォローするように参事官が言う。こちらの声は取調室には届かない。すでに調べがついていることを、忠さんはおくびにも出さずに話し続ける。

「今朝は午前六時頃にご自宅を出たと仰《おっしゃ》ってましたか……そのとき奥さんと息子さんは？」

「寝てましたよ。同じことを何度言ったら気が済むんです？　いちいち見送りに起き

てきたりしませんからね」

「なるほどね」

と、忠さんは言って、机の縁を持ったまま頷《うなず》いた。

「じゃ、そのときは何も変わった様子がなかったんですね？」

「ないですよ」

「夜間にどなたか訪問は？」

「ありませんよ」

「親戚《しんせき》や友人が訪ねて来たりは」

「しませんよ」

「前の晩は何時頃お帰りになったんでしたっけ」

「だから十一時半を過ぎていて、妻も子供も寝ていましたよ」

「では、前夜にご自宅へお帰りになってから、奥さんや息子さんとは一度も話をしていないわけですか……帰ったときは寝ておられ、朝は二人が寝ているうちに会社へ向かったと」

「なんなんですか、そうですよ」

「遅くに帰ると夕食とかはどうされますか。独り寂しく食べるんですか」

「事件となんの関係があるんです」

「いや、すみません。手順どおりにお話を伺う規則でして」

「まったく。いい加減にしてくれよ」

本堂は不機嫌に脚を組み直し、壁を睨んで喉仏《のどぼとけ》のあたりをガリガリ掻《か》いた。

「夕食なんて食べませんよ。仕事で会食した後だしね」

「なるほど」

忠さんは机の縁から手を離すと、やおら左腕を振り伸ばし、机に肘《ひじ》を突いて自分の額に中指を置いた。

「金子《かねこ》さんというのが右隣のお家《うち》でしたか……」

「そうですよ」

「金子さんのご主人は暑がりで、二階の寝室の窓を網戸にして寝るそうです」

本堂はまた脚を組み直し、さらに体を斜めに向けた。

「午前一時過ぎ、金子さんご夫婦は子供の泣き声を聞いたそうです。本堂さんは聞きましたか？」

答えないので忠さんは続ける。

「ほかに男性の怒鳴り声……あと、女性の悲鳴も聞いたということでした。それが三十分あまりも続いたと言うんですな。お心当たりは？」

「……ああ」

しばらくしてから、本堂は天井を見上げて言った。

「息子が廊下にオモチャを出しっぱなしにしていたので、起こしてきちんと片付けなさいと言った気がします。その声でしょう」

「そうだったんですね」

忠さんはニコニコしながら、

「いつも寝てるのを起こして叱るんですか？」

と訊いた。

「必要な時だけですよ。躾《しつけ》ですから」

「躾はいつも必要でしたか？」

独り言のように訊ねると、本堂はまたも沈黙した。

「本堂さんが朝早くご自宅を出たのは間違いないようで、そちらは確認が取れました。ご近所の防犯カメラに姿が映っていましたからね。前日、ご自宅へ帰る時の服装とほぼ同じでしたけど、普段からそういうものですか？」

「普段から……なんです？」

「いえ、会社に確認したら、本堂さんは毎日ピシッと糊《のり》のきいたシャツと、シャツに合わせた色のネクタイで出勤されていたそうですが、なぜか今朝は昨日と同じシャツとネクタイだったということなので――」

清花はモニター越しに本堂の表情を追いかけていた。本堂は瞳孔《どうこう》の開いた目で唇を嚙《か》み、額に玉のような汗を滲《にじ》ませている。

「――で、本堂さんご自身は、いつ頃異変に気付かれたんでしょう。奥さんが子供さんを手にかけたと思われたのは、何か兆候があったからですか？」

「妻は病気だったんだよ。鬱病《うつびょう》だよ、わかるでしょ」

声が微《かす》かに裏返る。

「情緒不安定で、やる気がなくて、だから俺は、帰っても寝かせたままにしておいたんだ」

「ほう……そうでしたか――」

忠さんは新たな事実に関心を示した振りをして、手元の調書にメモをした。

「――だいぶ悪かったんでしょうかね」

「悪かったよ」

「妙ですね……奥さんはそんなに悪かったのに、通院歴がない。なぜですかねえ」

本堂は言葉に詰まり、そっぽを向いて脚を組み替えた。

「本人が病院へ行くのを嫌がったんだよ。なにひとつ碌《ろく》にできない女だ。バカでトロくて不器用で、躾も家事も碌にできない」

「そうなんですね。でも、奥さんはモデルをしておられたのではないですか？　トロくて不器用な女性に務まる仕事とも思えませんが」

「あんなものは誰だってできる。見場さえよければ」

「そんなもんでしょうかねえ……小さいお子さんがいるのに、ご自宅はモデルハウスのように片付いてましたが」

「俺が指示してやってるからです。俺がいなけりゃ何もできない女です」

なるほど、と、忠さんはまた言った。

「あと、正男くんの体に火傷《やけど》の痕《あと》がありました。まだ生々しい傷痕でしたが、どうして付いたか心当たりは？」

「ないよ！」

本堂は机を叩《たた》いた。さっきまでとは打って変わって顔色が赤黒くなっている。大きく目を見開いて刑事を睨《にら》み、口角から泡を飛ばした。

「そろそろ限界かしらね」

清花が言うと、後ろの刑事が、

「ですね」「忠さんに任せておけば大丈夫ですよ」

と、口々に言った。

「だけど時間をかけすぎよ。さっさと急所を刺せばいいのに」

刑事にはそれぞれやり方があるが、それが清花の評価であった。被疑者は追い詰められて必死に逃げ場を模索している。けれど逃げ道なんてない。真実か嘘かは矛盾でわかるが、本堂の供述は矛盾ばかりだ。モニターは椅子に座り直す忠さんの姿を映している。背中に挿した鉄板が抜け、彼はデスクに前のめりになって本堂の顔を覗《のぞ》き込んでいる。

「困りましたねえ」

と、忠さんは何枚かの写真を出して机に並べた。

ドームカメラは机の写真もくまなく映す。子供の背中と母親の手首を写した写真だ。子どちらにも火傷の痕があり、子供の背中は皮が剝《む》け、母親の手首は変色している。子供にはほかに古い折檻《せっかん》の痕もあり、傷は洋服で隠れる部分にだけ付いていた。

本堂は写真を見ようとしない。

「搦《から》め手に出ましたよ。忠さんの見せ場はここからです」

後ろの刑事が清花に言った。忠さんはさらに写真を並べる。母親の遺体写真だ。彼女も体中に痣《あざ》があり、首にはタオル様のもので絞めた痕が残されている。絞められたときすでに意識がなかったのか、吉川線《よしかわ》はなく生活反応も薄かった。痛ましい写真だ。

「ベテランだからね。裁判で証言が覆されないよう、念には念を入れているのだ」

参事官が清花に言った。

「それはそうですが、もっと効率を上げられると思います」

効率だってさ、と、刑事たちは互いを見つめた。

「奥さんと息子さんが発見されたとき、あなたは会社におられたそうだが、そのときのことを話してください」

忠さんは少しだけ口調を変えた。

「ほかの刑事に話したじゃないか。同じことを何度言わせたら気が済むんだよ」

「もう一度お願いします」

本堂は「チッ」と舌を鳴らした。

「病院から電話があったんですよ」

「なんと言われたんですか？」

「妻と子供が救急搬送されたって」

本堂は自分の妻や子供を名前で呼ばない。清花はそれに気がついていた。

「それで、なんと答えましたか？」

「覚えてませんよ。病院へは、すぐに飛んで行きましたけどね」

恩着せがましく言ったので、別室で清花は唇を歪《ゆが》めた。本堂に対する怒りが沸々と臓腑《ぞうふ》を焼いている。被害者の無念を思えば直接制裁を加えてやりたいくらいだ。

「確かに頭を抱えて飛んで来たわよ。二人が死んだと知ってるみたいに泣きながら。そして正男くんが手術中だと聞いて、一瞬だけ真顔に戻ったのよ……一から十まで甘い男ね」

「咄嗟《とっさ》の表情は正直ですからね」

若い刑事が相槌《あいづち》を打った。清花は部下たちを振り返って言う。

「捜査上の注意事項は共有すべき事柄よ。たとえ家族でも一瞬の表情や言葉を見逃さないで。不慮の瞬間に自分を偽り通せる犯罪者はほとんどいないわ」

そして若い刑事に顎《あご》をしゃくって現場の状況を語らせた。

「消防が現場を見て不自然だと通報してきたんです。それで俺と班長が先に病院へ臨場し、待機しているのも知らず、彼は大げさに取り乱しながらやって来ました。連絡は『奥さんと子供さんが救急搬送された』というものでしたが、状況を確認する言葉もなく、オンオンと泣きながら病院へ来たんです。とんだ茶番で、見ているこっちが恥ずかしくなるくらいでしたよ」

「ま、単純な偽装殺人ですね。忠さんに任せておけば問題ないですよ」

忠さんは昇進にこだわらないため清花のほうが上官になるが、班では一番年長で、ここの誰より経験豊富だ。彼らはボスの清花より忠さんに絶大な信頼を寄せており、講習を受けるような目で取り調べを眺めている。

「では、思い出せるように少しだけ」

と、忠さんはあからさまに大きな溜息《ためいき》を吐いた。

「病院からの連絡は、奥さんと息子さんがケガをして救急搬送されたと伝えるものでした。本堂さんが出社されたあと、金子さんご夫婦が心配してお宅を訪問し、玄関の鍵《かぎ》が掛かっていなかったことからドアを開け、一階の階段の手すりにタオルを掛けてぐったりしている奥さんを見つけて救急車を呼んだのですよ」

本堂は他人事《ひとごと》のように「だから？」と訊《き》いた。

「奥さんの近くに血の付いた果物ナイフが落ちていたことから、金子さんのご主人が正男くんを心配して二階へ上がり、ベッドにいるのを発見しました」

「妻は鬱《うつ》だったと言ってるでしょう。何度言ったらわかるんだ」

「鬱病は病名であって傷害とは無関係です。あなたはなぜ、それが奥さんの仕業と思われるんですか」

本堂は顔を上げ、真っ正面から刑事を睨んだ。

「警察ってのはバカなのか？　だから、あいつは、子供を道連れにして自殺を図ったんだよ。俺から息子を取り上げようと」

「それは何度も聞きました」

忠さんは身を乗り出して相手の視線を受け止めた。その眼光の鋭さに、本堂はそれとなく顔を背けた。忠さんは続ける。

「奥さんですが、首の骨が折れていました。金子夫妻の証言によれば、タオルで首を吊《つ》っていたとき下半身は床に付いていたそうです。奥さんはパジャマ姿でしたが、手に熱傷の痕があるのにパジャマは濡《ぬ》れていませんでした。失禁もわずかで、死亡時のものとは思えない……ところで本堂さん、夜中に洗濯機を回しましたね？」

そして子供の写真を指した。

「正男くんも奥さん同様に熱傷を負っています。五十度近い熱湯を執拗《しつよう》に当てるところなるそうです。たとえば高温のシャワーを浴びせるとか」

本堂はさらに視線を逸《そ》らした。

「夜中に金子さんが聞いたのは正男くんが折檻されて泣く声だったんじゃないですか？　奥さんたちはパジャマにも着替えずにあなたの帰りを待っていた。お宅の浴室は一階で、正男くんはそこで折檻されて、奥さんが止めに入って子供を二階へ逃がしたのではないですか？　正男くんの部屋はドアが開けられないよう家具などを動かした跡がありました。それをしたのは正男くんかもしれません。誰かが部屋へ入ってくるのを阻止したんです。ご近所さんは子供の泣く声とあなたの怒鳴り声、奥さんの悲鳴を日常的に聞いていたようです。事件当夜も同じように騒ぎを聞いて、それが珍しく突然途絶えたことが気になって、早朝あなたが家を出るのを待って、お宅の様子を見に行ったのです」

「あの夫婦はおかしいんだよ。二人そろって変質者だ」

本堂は声を荒らげた。

「他人の家を覗き見しやがって。そりゃ犯罪だろ」

「金子夫妻は今までも何度か悲鳴を聞いて警察に通報していますね？　そのたび、あなたは金子家へ怒鳴り込んでいたそうですが」

「当たり前だろ、あの夫婦は頭がおかしいんだって」

「そのご夫婦が救急車を呼んでくれたから、正男くんは一命を取り留めたんですよ」

本堂は「ぐぅ」と喉《のど》を鳴らし、「頭がおかしい」と吐き捨てた。

「本堂さん……あなたね、警察を舐《な》めてもらっちゃ困ります。現場はすべてを語るんですよ。ひとつひとつをつなぎ合わせていけば、何が起きたかわかるんです」

そしてわずかに声を荒らげた。

「真実ならば辻褄《つじつま》が合うが、嘘は矛盾が出るものだ」

別室のモニターで本堂が唇を嚙《か》む様子を見ると、

「落ちそうだな」

と、参事官も言った。清花は燃えるような目で本堂を睨《にら》みつけている。確かに本堂は落ちるかもしれない。けれどもそれでは物足りない。あの男が二人にしてきたすべての罪を自白させなければ罪状は軽いものになる。それでは奥さんが浮かばれない。

忠さんの聴取は続く。

「ご自宅の洗濯機には奥さんの着衣一式が脱水したまま残されていました。ご近所の話では、奥さんはきっちりと週に二回、家族全員の洗濯物をベランダに干していたそうですが、ご自分の服だけ洗って干さずに洗濯機に残していたのは妙ですね。失禁で服が汚れて、それを隠すために着替えさせ、誰かが洗濯したなら別ですが」

それに、と畳みかけていく。

「クリーニング済みのワイシャツですが、クロゼットの奥に色分けしてしまってありました。アイロンがけしたシャツがあるのに本堂さんが同じ服で出勤したわけは、ご自分のシャツやネクタイがどこにしまわれているか知らなかったからではないですか？　奥さんはいつも一式を揃えて準備していた。あなたがそう躾けたからです。ちなみに奥さんの死亡推定時刻ですが、午前二時過ぎでした」

不思議ですねえ、と、忠さんは皮肉な笑い方をする。

「あなたは午前六時過ぎに家を出た。奥さんは玄関を入ってすぐの階段下で首を吊っていたわけですから、気付かず出勤するのは妙ですよね？」

本堂は知らん顔をしている。自分以外の誰かの話を聞いているような表情だ。

「ご近所が女性の悲鳴を聞いたのは午前一時過ぎですから、その頃に奥さんが階段から落ちて首を折ったと推定するなら、麻痺《まひ》して体は動かせなくとも、すぐに救急車を呼べば命は助かったかもしれない。息子さんは……」

「知らないって言ってんだろうが。家を出るとき二人はまだ寝てたんだよっ」

「奥さんに気付くことなくあなたが出勤できたわけはない」

「う、裏口から出たんだよ。そうだった。裏口から出たんだよ」

別室でモニターを見ている刑事らは苦笑し、そして清花は、

「なに言ってるの」

と、思わず叫んだ。盗《ぬす》っ人《と》猛々《たけだけ》しいにも程がある。

「階段はひとつしかないのに、玄関でも裏口でも同じことでしょ」

「まあまあ班長」

部下たちも呆《あき》れて言った。

「ここは忠さんに任せましょうや。忠さんだって腹が立ってるはずですが、それでもああやって冷静に話ができるのは、よっぽど胆力があるからですよ。見習うとこだと思いますがね」

部下だが清花より年上の刑事が言った。取調室では、

「なるほどなるほど」

と、忠さんが腰を浮かせている。

「正男くんはね、手術後すぐに、一度意識が戻ったんですよ。開口一番、なんて言ったと思います？」

その言葉を病院で直接聞いたのは、父親の本堂ではなく清花だ。だからこそ、こんなにも腹が立ち、悲しいほどに打ちのめされて怒っているのだ。本堂の代わりに清花が答えた。

「……ママは？」

そしてモニターを睨んだままで部下たちに説明した。

「あの子は先《ま》ず母親を案じ、次に、ごめんなさいと謝ったのよ。たった四歳で、肝臓に達するほどの刺し傷を負って、手術を耐えて、目覚めた瞬間にママを案じた。ごめんなさいってどういうこと？　二人の置かれた状況がわかると言うものよ」

部下たちは無言だったが、身じろぐ気配で怒りを共有できたと思えた。

肝臓に達するほどの傷よ、と、清花はもう一度心で呟《つぶや》いた。

どんな鬼畜がそれをできるの？　幼気《いたいけ》な子供を刺すなんて、どんなバケモノだったらそれができるの？　子供を刃物で刺すなんて！

それなのに、モニターの本堂は被害者面を崩しもしない。清花はますます怒りに震えた。悪行がバレるはずはないと舐めているのか、それとも首を折った妻が子供を刺したと本気で思いたいのだろうか。同夜自宅を訪れた者はなく、妻子の顔も見ていないのに、躾《しつけ》のために息子を起こして叱り、死んでいる妻に気付くことなく出社して、妻が無理心中を図ったのだと言い張っている。

ごめんなさい、ママを助けて。

ママを誰から助けろというのか。その気持ちを思えば泣けてくる。母親が死んだことを清花は子供に伝えていない。子供の世界には両親しかいないのに、片方が片方を殺したなどと教えられるはずがない。

本堂はついに口を閉ざした。怒りでどす黒かった顔が青ざめて、瞳孔《どうこう》の開いた目がキョロキョロと忙《せわ》しなく動いている。この期に及んで言い逃れる術《すべ》を探しているのだ。

清花は怒りで席を立つ。

「班長？」

と、若い刑事が訊《き》いた。

「班長、忠さんに任せたんなら、最後まで任せるのが筋ってもんじゃないですか」

他の刑事が腕を取る。

「責任者は私よ。忠さんじゃない」

清花は腕を振り払い、参事官に頭を下げてモニター室を出て行った。ドアが閉まるとき舌打ちの音が聞こえたが、無視をした。考えがあったからだが、それを部下とは共有できない。万が一にも彼らを巻き込まないために。

本堂は平気で嘘を吐き、嘘を吐いている自覚すらなさそうだ。保身のためなら何でも言うし、嘘で塗り固めた仮面を脱ぐこともない。その様子が記録されているので、弁護士がそれを逆手にとって精神鑑定を依頼する可能性がある。まさかとは思うが刑の減軽につながるかもしれず、そんなことは許されない。けれどあの男の言葉は端々に男尊女卑の思想が見え隠れしている。もしも女の自分に責められたなら、あいつは容易《たやす》く本性を現すだろう。その様子も映像として保存されるから、法廷で裁判員が見れば本堂は悪意を隠し通せない。だから私は班長として、あいつに吐かせたゲロを浴びてやる。女であることに甘えて楽な場所から部下を動かしたりしない。考えろ。よく考えて、あいつが隠した本当の顔を暴くのよ。

清花は自分に言いながら取調室のドアをノックして、忠さんがドアを開けるのを待った。本堂は証拠が提示されるのを恐れている。そして女という生き物と、その生き物が産んだ命を蔑《さげす》んでいる。本堂にとっては妻も息子も個人名を持たない存在なのだ。見てなさい、あんたのその本性を私が記録に残してやるわ。清花は涼しげながらも深刻そうな表情を作ってそのときを待つ。

ドアが開き、忠さんと目が合った。彼の眼差《まなざ》しは「まだ早いですよ」と言ったけれども、清花はかまわず頷《うなず》いた。忠さんはやれやれと目を上向けてから、清花に道を譲ってくれた。敢《あ》えてカツカツと靴音を響かせながら白い部屋へ入室する。思ったとおり本堂は怪訝《けげん》そうな目で清花を睨んだ。その目はこう言っている。なんだ？　女ごときが俺に何の用があるのかと。

清花は本堂の正面に仁王立ちして、冷たい一瞥《いちべつ》を彼に浴びせた。相手がムッとするのを待ってから、忠さんと席を替わった。若い女がベテラン刑事と入れ替わるなんて、本堂には理解できないことだろう。席を譲った忠さんは股間《こかん》に手を置いて清花の後ろに立っている。

「神奈川県警刑事部捜査第一課の木下清花警部補です」

机の上に両腕を置いて、役職と名前を告げて指を組む。本堂は椅子を引いて体を斜めに向けたまま、上目遣いに、清花ではなくベテラン刑事の忠さんを見た。どちらが御しやすいか考えているのだ。

「本堂結羽さん……あなたは……大手商社で営業課長をしておられるんですね。年齢は三十二歳。お若いのにやり手だそうで、社内の評判は上々ですね」

抑揚のない声で言う。深く響いて重みのある清花の声に、本堂は視線を逸《そ》らした。

「ご結婚は五年前。奥様の妊娠が切っ掛けでしょうか」

「何か関係あるんですか」

「奥様が亡くなられた件に関係あるかと問われれば、まったく関係ありません。事実確認をしただけです」

清花は本堂の瞳《ひとみ》を見つめて目を逸らさない。微笑みもしない。組んだ指も動かさない。何よりも全身に滾《たぎ》る敵意を隠そうともしない。怒りが本堂を射貫《いぬ》けばいいとさえ思っているし、眼光の一閃《いっせん》が彼に向くのもかまわない。真っ白な部屋には重い空気が立ちこめて、天井が落ちてくるような不安を本堂に感じさせている。清花はそのまま沈黙し、本堂の額に汗が流れるまで待ってから、声色を使って囁《ささや》いた。

「……ごめんなさい、ぼくが悪いの」

本堂は怯《おび》えた目で清花を見た。顔の筋肉を凍らせて清花は続ける。

「正男くんは意識が戻ると、すぐにママのことを訊きました」

二筋目の汗が額を流れた。本堂は右へ左へと眼球を動かす。意識の戻った息子が何を言ったか、それを聞くのを恐れている。息子は犯人を知っている。そう本堂は思っているのだ。

「奥様のご遺体は司法解剖に回されていますし、正男くんの体の傷についても病院が記録を残しています。奥様のご実家と本堂さんのご実家へ同様に連絡が行っています。結婚されるとき、奥様のご家族とは？」

「知らないよ、なんの関係があるんだよ」

勢いが下がって情けない声で言う。

「俺は葬式の準備をしなきゃ……」

腰を浮かせて消え入るように付け足した。清花は嫌みな声を出し、

「まことにご愁傷様です」

本堂を睨《にら》みながら口角をやや上げた。

「ですが司法解剖後にご遺体が戻るまで時間がかかりますので、お葬式はすぐには出せないと思います」

「解剖なんて、いったい誰が許可をした」

「司法解剖は鑑定処分許可状があれば遺族の同意を必要としないので」

あしからず、と、頭の上から忠さんが言う。清花は続けた。

「そういうことですので、あなたの許可なんかいらないんです。それと、解剖するまでもなく、奥様も正男くんも栄養失調だったようですが。そのことにお心当たりはありますか？」

「だからあいつは鬱病《うつびょう》だったと」

「でも、通院はされていませんね」

「はあっ？」

清花はジロリと彼を睨んだ。

「本堂さんは奥様が鬱病だったと仰《おっしゃ》いますが、その診断はどちらの病院でされたもの

でしょう？　先ほども申し上げたとおり、奥様に通院歴はありません。携帯電話もお持ちでなかった。個人の銀行口座もありません。奥様についても、あなたが躾《しつけ》のために管理されていたということでしょうか……それとも、こちらがわかっていないだけで、奥様はきちんと病院にかかっておいでたか？」

そして口だけでニコリと笑った。

「ご教示下さい。鬱病の診断はどちらで？」

清花の後ろで忠さんは肩をすくめて首をねじった。清花とデスクを挟んで向かい合う本堂の顔色が、みるみるうちにどす黒くなっていくのを見たからだ。抑揚のない同じ口調で次々に逃げ場を塞《ふさ》いでいく。その責め方は真綿で首を絞めるかのようだ。清花は表情ひとつ変えもせず、じっと本堂を見つめている。

「お答えいただけませんか？　お答えいただけないのは肯定ということでよいですか。ならばけっこう。では次に、正男くんから聞いた話について確認させていただきます」

一度も目を逸らさない清花の顔の、口元あたりを本堂は見た。もはや彼女の眼光を受け止めることができなくなったのだ。本堂は意味もなく自分の膝《ひざ》を擦《こす》り始めた。清花は視線を逸らさない。口角をやや上げたまま、じっと本堂の目を見ている。

「……四歳のガキが言うことなんてあてにならない」

ややあってから、本堂は突然吐き捨てた。

自分の息子をガキと呼ぶ。清花は敢えて聞こえないふりをした。重苦しい沈黙が襲い、モニター室の刑事も清花からは目を逸らす。

彼女の瞳は敵意を発し、見る者の心に怒りを呼ぶ。隠した悪意をぶつけたくなる。

清花はデスクに前のめりになり、顔を背ける本堂を覗《のぞ》き込んで言う。

「四歳のガキが、なにを言ったと思うんですか?」

本堂は清花を睨んだ。清花は下から本堂を見上げ、

「ああ、そうですか」

と、冷たく言った。再び姿勢を正すと本堂の前で指を組み、

「本堂さん。あなたには黙秘権があります。言いたくないことは言う必要がありません。ご存じだとは思いますけど、義務ですからお伝えしておきます」

猫のように目を細めて微笑みかけた。いかにも小馬鹿にした笑い方だった。

「あと、これもご存じと思いますけど念の為にお伝えします。奥様の自殺は偽装されたもので、頸椎《けいつい》の骨折は首を吊《つ》ったからではありません。首を吊ったとき奥様は意識がなかったし、首から下は指一本動かせなかったと思われます。そうした状態で正男くんを刺すのは不可能です」

本堂の汗が床に滴る。彼は忙《せわ》しなく体を揺らし始めた。

「本件は偽装殺人として捜査され、犯罪事実が公表されます。ちなみにですが、捜査機関によって犯罪事実が発覚する前に、犯人が自ら犯行事実を告白することを自首といい、刑の任意的減軽事由につながる可能性があります。もちろん、本堂さんからは現在、まだ任意でお話を伺っているところですけれど」

そして再び沈黙する。空気の重さは耐えがたく、本堂が体を揺らすたび椅子が床に擦れてカタカタ鳴った。その重苦しさはモニター越しの部屋にも伝わり、参事官は腕を組む。刑事らも無意識に唇を嚙《か》み、もはや言葉も発しない。その場にいる者たちすべてが針の筵《むしろ》で耐久レースをしているようだ。

「……あいつが勝手に落ちたんだ」

ついに本堂が呟《つぶや》いた。

清花に向けて言ったのではなく、独り言のような声だった。

「なんですか？　本堂さん。いま、何と仰いましたか？」

冷たい声で訊《たず》ねると、本堂はギロリと清花を睨んだ。その目は燃えているようで、怯えや困惑の表情が消え、女の分際で対等な口を利くなと言わんばかりの顔だ。とうとう正体を現した。本堂が仮面に隠した残虐さと高慢を清花は端《はな》から見抜いていたが、こうして仮面を剝《は》いでしまえば、それは思った以上に醜怪で、吐き気がするほど腹の立つものだった。彼は清花ではなく、後ろの忠さんに訴えた。

「あいつが勝手に落ちたんだ。子供を刺したのを俺に見つかって、慌てて階段から落ちたんだ。金子さんが聞いたのはその騒ぎだよ。息子の悲鳴とあいつの怒号と、驚いて叫んだ俺の声だ」

「ほう、そうですか。先ほどの話とは違うんですね」

と、忠さんは言う。清花を無視して話しているが、清花は本堂から目を逸《そ》らさない。

「だから、それは、あいつの罪にならないように」

「あのね、本堂さん。ではなぜすぐに救急車を呼ばなかったんです?」

忠さんに喋《しゃべ》らせて、清花は本堂を見続ける。鼻の下に皺《しわ》を寄せ、虫けらでも見るような顔で本堂を見続けている。心底蔑《さげす》んでいる女という生き物に、こんなふうに見つめられるのはどんな気持ちか、それがわかるから敢《あ》えてやる。罵《ののし》ったり恫喝《どうかつ》したりはしないけれども、静かに心を抉《えぐ》っていく。本堂はそれに気がついている。清花を視界から追い出そうと必死になって忠さんに体の正面を向けていく。体はもう揺らしていない。忠さんと喋ることはストレスではないのだ。

「どちらも死んでいると思ったからだよ――」

どちらも、ってなに？　二人は品物じゃないのよ、あんたの奥さんと息子じゃないの。清花は心でそう叫ぶ。

「――だから――」

「だから？　なんです？」

と、清花は微笑んだ。黙っていられなくなってきたのだ。本堂は清花を見もしない。

「――母親が子供を殺したなんて……それならまだ無理心中の方が……」

「まだ無理心中の方が、なんですか？」

清花は体を傾けて本堂の視界を塞ぐ。

彼女の問いに答えるために、本堂は忠さんを仰ぎ見る。

「まだ許されるかと」

忠さんが言う。「続けて」

「だから、帰ったときにはもう、そういう状態だったんだよ。俺は照美《てるみ》を着替えさせ、洗濯を……」

我ながら支離滅裂な話をしていると気付いたのだろう。本堂は不意に口を閉ざした。

「洗濯をしたんですね？　日頃は奥様に任せきりだった洗濯を、あの晩はあなたが」

清花はさらに責め立てる。そうよ、本性を現しなさい。

本堂はガクガクと膝を震わせた。気付いて両手で膝を押さえたが、意思とは関係なく震えは止まない。本堂はやがて机を見つめて、小さな声で、

「……黙秘権を行使します。弁護士を呼んでください」

バン！　と大きな音を立て、清花はデスクを強く叩《たた》いた。本堂はビクリと体をすくめ、驚いた顔で清花を見つめた。清花はすましてこう言った。

「ああ、失礼しました。机に蚊が止まっていたので」

そして本堂の鼻先で、ありもしない蚊の死骸《しがい》をパンパンと払った。

「黙秘権、いいですね。当然の権利です」

本堂に顔を近づけて、「と、う、ぜ、ん、の、権利です」と、微笑みながらもう一度言った。あんたのような卑怯《ひきょう》者にはありがたい権利よね。それについては言葉ではなく、目つきと顔つきで本堂に見せた。嘘はあれだけ饒舌《じょうぜつ》に喋ったくせに、真実は語らないのね。妻と息子をどう扱って、どんなふうに虐待したのか、それを喋らずに終わらせる気なのね。妻にすべての罪を押しつけて。

「なるほど、本堂さん。そうですか」

清花は自分を落ち着かせる為に呼吸をしたが、吸い込む息が怒りで震えた。

「ちなみに……」

と、椅子から立ち上がり、本堂を見下ろす。

「狭量で陰険で嫉妬深《しっとぶか》くて自信がなくて小心な人間ほど、自分の縄張りでは虚勢を張ると聞いたことはないですか？　そういう人間は虚飾に生きるストレスを弱い者に向けて発散する。不思議ですよね。彼らがよく使うのが『躾《しつけ》』って言葉で、躾ける能力もないくせに、バカのひとつ覚えみたいに躾と宣《のたま》う。いえ、一般論ですが」

「あんた、なにを言いたいんだよ」

本堂は敵意を剝《む》き出しにして清花を睨《にら》んだ。清花は本堂を鼻で嗤《わら》った。

「そういう人は大抵、自分は頭がいいと勘違いしている。でも実際はそうじゃない。家でしか虚勢を張れない小さいヤツです。自分より弱い者が相手のときだけ威張るんです。なんて哀れな」

「黙れ」

「なにかお気に障りましたか」

「おまえみたいな女に何がわかる！　俺はな、あいつを拾ってやったんだ！　いい家に住まわせて、金を与えて、俺の妻にしてやったんだ」

「妻にしてやった？　ものは言いようね。服従させて、閉じ込めて、好き放題にいたぶったと、はっきり言ったらどうですか」

「うるさあああああい！」

本堂は吠《ほ》えた。立ち上がって泡を飛ばして、清花に摑《つか》みかかってきた。忠さんが止めに入ろうとするのを清花は遮り、本堂に襟を摑ませた。

「俺が躾けてやったんだ！　あいつも、子供も、俺が食わせてやったんだ。どう扱おうと俺の勝手だ。俺に従っていればよかったんだよ！」

彼は拳《こぶし》で清花を殴ろうとしたが、身を躱《かわ》されて空を殴った。

「俺を馬鹿にしてんのか！　俺を、小馬鹿にしやがって！」

弾みでデスクは斜めになって、清花も叫んだ。

「正男くんに熱湯をかけたわね」

「それが躾だと言ってるじゃねえか！」

本堂が次に飛ばした拳を清花は平手で受け止めた。

「躾をしたんですね。熱湯をかけて」

その手を捻《ひね》って背中に回し、ギリギリと締め上げながら彼女は言った。

「忠さん。傷害罪で逮捕令状を請求してちょうだい」

本堂はハッと顔を上げ、天井に光るカメラを見上げた。

「呼べ！　弁護士をここへ呼べ」

「いいですとも。呼んであげるわ」

清花は本堂を解放し、忠さんが椅子に座らせた。彼はうなだれ、両手で頭を抱えてしまった。それを見下ろして清花は言った。

「本堂さん。あなたに言っておくことがある。術後、正男くんは一瞬意識が戻ったの。あの子はね、彼は誰のせいにもしなかったわよ。ママを案じて、そのあとは、ぼくのせいだと謝った。そしてまた眠りについたの」

本堂は聞いていないようだった。自分の膝《ひざ》に突っ伏すように小さくなって脱力している。デスクを元の位置に戻して忠さんが言う。

「本堂さん。もう少し詳しく話してもらいましょうか」

清花は天井のドームカメラに言った。

「私の発言含め取り調べの様子はすべて改ざんされることなく記録されます。周囲の防犯カメラ映像、救急搬送の記録、奥様の死体検案書や司法解剖の鑑定結果、正男くんの医療記録に至るまで、あらゆる状況を精査して捜査を進め、矛盾点を洗い出します。では本堂さん」

机に並べてあった写真は今や床に落ち、忠さんがそれを拾い集めている。

清花は本堂に背中を向けた。そのまま部屋を出ていこうとすると、本堂が顔を上げて叫び始めた。

「待てクソ女！　俺は夫で父親だ。俺は一家の主《あるじ》だぞ。てめえはよくも女の分際で……覚えていやがれ」

清花は振り向いて冷たく言った。

「あなたねえ、孕《はら》ませたら父親だとでも思ってんの？」

蔑《さげす》む目で本堂を睨むと、

「バッカみたい」

言い捨てるや即座に部屋を出た。

二歩ほど歩いて立ち止まり、大きく息を吐き出すと、激情に駆られて地団駄を踏んだ。自分でも驚くべきことだけど、入電を受けて病院へ駆けつけてから短い時間で、世界中の誰よりも被疑者のことが嫌いになった。けれど好き嫌いと捜査は切り離さねばならないから、怒りの矛先をどこへ向けることもできずに、清花は思いっきり空中を蹴《け》った。靴が脱げて天井に当たって、廊下の遠くへ落ちて転がる。

「DV野郎、クソ男！」

吐き捨てて靴を拾いに行ってから、ポケットに手を突っ込んで小さなメタルのケースを出した。メンタルケアのためにいつもポケットに忍ばせているのはお菓子のグミだ。蓋《ふた》を開け、梅味とレモン味のふたつをつまむ。腹が立っているときの組み合わせである。ポイと口に放り込み、酸っぱさと塩《しょ》っぱさに身震いしてから、部下たちがいるモニター室へ向かった。忠さんに最後まで取り調べを任せなかったから、彼らはきっと怒っている。刑事にノルマはないけれど、それは公にそうであるというだけで、白星を挙げたいのは山々なのだ。だから刑事はローンウルフになりやすいし、情報を抱えて離さない。互いに親しくなりすぎることはないし、余所《よそ》の班の失敗には手を叩いて喜ぶようなところがある。けれど清花は個人の白星よりも事件の解決を優先したい。その気持ちはまだわかってもらえないけれど、こんな事件を二度と起こさないことの方が大切だと思うのだ。そのためならば忠さんの取り調べにも割り込んでいく。手柄を立てたとか立てないとか、小さなことだと思うから。

扉を開けると、部下たちは一様に自白を強要された被疑者のような顔をしていた。モニターの前で参事官がもの言いたげに清花を見上げる。部下たちの不満はわかったが、清花は無視して参事官の隣に座った。

取調室では忠さんが、貝のように押し黙ってしまった本堂と向き合って、彼が再びものを言う瞬間を辛抱強く待ち続けていた。

暗い夜道をマンションへ向かって帰るとき、清花はようやくスマホを出して時間を確かめた。本堂が事件当夜に帰宅したという午後十一時半を過ぎている。四歳の子供がこんな時間に、たたき起こされて折檻《せっかん》されていたなんて。

「冗談じゃないわ」

と吐き捨てた。思い出せば出すほど腹が立つ。清花にも一人娘がいるが、重傷を負った正男くんは娘よりふたつも小さい。それなのにあの子は大人びた印象を漂わせ、娘の桃香《ももか》は幼さが際立っている。娘より小さい男の子の冷めた眼差《まなざ》しを、清花は忘れることができない。ぼくのせいなのごめんなさいとあの子が言えた理由は、父親の顔色を窺《うかが》って母親を守る役目を負っていたからだ。こんな酷《ひど》い話があるだろうか。

「ああ、胸糞《むなくそ》悪い」

マンションを見上げて自分に呟《つぶや》く。清花の頭には今もまだ、本堂が放った言い訳と、それに対する怒りが渦巻き続けている。それは自分の家族とはまったく関係のない感情で、家に持ち込みたくないのに、仕事に深く入り込むほど切り離すのが難しくなる。気分を変えるために庁舎で冷たいシャワーを浴びてきたのに、本堂の不実な顔が瞼《まぶた》に焼き付いて消えてくれない。清花は大きく頭を振ると、両手で頬をパンと叩《たた》いた。

った。

「よし」

強引に笑顔を作ってエントランスへ向かい、ナンバーキーを押してマンションに入った。

木下清花は三十一歳。刑事になる前に警察事務員の夫と出会って結婚し、一人娘を授かった。その後は生活安全課の刑事になったが、刑事職が統合された所轄署に異動したことから凶悪犯罪で成果を挙げて、県警本部の中では出世コースと言われる神奈川県警の捜査第一課に異動した。現在の階級は警部補で、自分を含め六名の班の班長をしている。神奈川県警は一万五千人を超える職員を持ち、ここで捜査一課の班をまとめ上げようとするならば、『刑事職は基本的に日勤ですから定時に上がらせて頂きます』などと言ってはいられない。班を率いることは男にだって難しいのに、子持ちの女性警察官がそれをするなら精一杯に虚勢を張ってもまだ足りない。

エレベーターに乗って自宅の階数を押し、移動する明かりを眺めていると、かわいい娘の顔より先に夫や義母《はは》の顔が浮かんだ。再度時刻を確かめたけれど、時が巻き戻るわけもない。夫は娘が就寝する前に母親は家に帰るべきだと言うけれど、娘が寝るのは夜九時で、重大事件が起きてしまえばそれより前に帰ってくるのは難しい。部下たちが夜っぴて事件を追っているのに、班長が自宅で報告を受けるわけにはいかないのだ。夫は異動願いを出すべきだと言うけれど、それでは自分を抜擢《ばってき》してくれた上官の恩に報いられない。なによりも、閑職への異動願いを出すことは、積み重ねてきたキャリアをドブに捨てるようなものではないか。今さらそれをするのなら、砕かれても積み直してきたメンタルや、懸命に守り続けてきた刑事としての矜持《きょうじ》はなんだったのか。それこそが木下清花の価値だと信じてやってきたのに。

チン、と音がして扉が開き、清花は聴取に向かう面持ちで自宅に向かった。

遅いのでインターホンは鳴らさない。解錠してドアを開け、極力音を立てないようにして閉める。施錠してチェーンをはめ、玄関部分に明かりを点《つ》けると、家族はすでに寝静まっている。自己都合で妻と子供を寝かせなかった本堂よりも、これが自然だと思いつつ、清花はそっと廊下に立った。

個室三部屋にリビングダイニングという間取りのこのマンションは、義母が義父《ちち》の死亡保険金を頭金として援助してくれた物件で、清花たちと義母の四人で住んでいる。玄関から続く廊下の両脇に洋間が二つ、正面がリビングダイニングで、その脇が義母の和室という間取りである。自分たちの寝室を覗《のぞ》くと夫が背中を向けて眠っていて、娘はいない。リビングに入って襖《ふすま》を開けて、義母の和室をそっと覗くと、娘はお祖母《ばあ》ちゃんの布団で一緒に眠っていた。枕元に絵本があるから、読み聞かせをしてくれたのだろう。娘が大好きな『すてきな三にんぐみ』という泥棒の本だ。

夫婦の間では、二人目を作るタイミングを桃香が三歳になる前と決めていた。けれど刑事の仕事に就いた清花はキャリアを優先し、そのままズルズルと第二子出産の機会を失った。準備を整えてからと考えるあまり、タイミングを選べなくなったのだ。

シンクの上の電気をひとつ点け、冷蔵庫を開けて缶ビールを出した。上着を肩に引っかけたままプルタブを開け、ダイニングチェアの背もたれに上着を放ると、立ったままでビールを飲み干した。夕食は摂《と》っていないが、怒りのあまり食欲はない。正男くんが桃香だったらと考えるだけでゾッとする。熱湯で火傷《やけど》させ、ナイフで刺すなんて。力一杯に空き缶を捻《ひね》りつぶしてしまってから、洗うのを忘れたと気付いて水で流した。洗面所で顔を洗って歯を磨き、寝間着に着替えて夫の隣に入るとき、

「事件と桃香、どっちが大事だ」

唐突に冷たい声で言われてギョッとした。

「起きてたの？　遅くなってごめ……」

「母親なのか刑事なのか、どっちなんだと訊《き》いているんだ」

背を向けたまま吐き捨てる。普段は温厚な夫だが、ひとたび感情をこじらせてしまうと爆弾のように不機嫌な言葉と態度を投げつけてくる。答えようとすればこれ見よ

がしに寝返りを打って、掛け布団に顔を埋《うず》めてしまうのだ。

清花もそれには慣れているから、ビールの匂いがしないよう夫に背中を向けて布団を被《かぶ》った。ケンカをする気力も体力も残っていない。被疑者の悪意と対峙《たいじ》するのが精一杯で、仕事が終われば疲れ切り、穏便な道を選んで必死に生きている。家に帰ってまで誰かと争う力がないのだ。

室内は静かで、夜の深まる音がする。夫が怒るのは当然だ。自分は桃香の母親だから、そばにいてやることが大切なのだとわかっている。けれど刑事の自分を家に持ち込むことはできないから、庁舎を出て帰るまでに少しずつ一般人に戻るしかなくて、それにも時間が必要なのだ。刑事の自分は、いつも屍臭を纏っているから。特にこんな一日のあとは抜け殻になり、頭に渦巻く怒りを隠すだけで精一杯だ。

でも、明日《あした》なら。

明かりが外に漏れないように、布団の中でスマホを立ち上げ、清花はいつもより三十分早い時間にアラームをセットした。

最初のバイブで目を覚まし、夫よりも早くベッドを抜け出た。

音を立てずに着替えを済ませ、朝食の準備をするためキッチンへ向かうと、トイレから出てきた義母と鉢合わせになった。

「おはようございます」

挨拶《あいさつ》すると、義母は清花の脇をすり抜けながら、

「遅かったのに早いのね」

と言う。帰りが遅かったのに今朝は早く起きたのね、という意味だ。

「いつもお義母《かあ》さんに任せっきりですみません。たまにはきちんと朝ご飯を作ろうと思って」

義母は小首を傾げながら、

「桃ちゃん、昨日からちょっとお腹をこわし気味なのよ。だから今朝はおかゆを炊いてあげようと思って、タイマーでセットしてあるの」

「そうなんですか？　具合は……」

手を洗ってテキパキと割烹着《かっぽうぎ》を着け、キッチンに立って義母は言う。

「昨日は微熱があったけど、いま測ったら平熱だったわ。子供はすぐに熱を出すから、食欲があって元気なら心配いらないと思うけど、あの子、おかゆは好きだから」

「いつもすみません」

義母はそれには答えずに、

「清花さん、冷蔵庫に浅漬けを作ってあるから、それ出して水気を切って、桃ちゃんの分だけ細かくしてあげてくれない？」

と、清花に言った。本当は桃香の好きなチョコチップ入りのパンケーキを焼いてあげるつもりであった。そのために三十分早く起きたのに、娘の不調を知らなかった時点で義母に負けたような気がした。

「具合が悪いなら連絡くれれば……」

「それほど大したことじゃないのよ。清花さんだって忙しいんだし」

話している間に炊飯器が湯気を噴き上げ、義母は味噌汁《みそしる》の出汁《だし》を取る。卵を割って調味料を入れ、卵焼き器を熱し始める。その手際はまるで魔法のようで、清花が浅漬けを準備する間にテキパキと朝食の準備が整っていく。

「小学校でバザーをやるってお知らせが来たから、古いタオルを壊して雑巾《ぞうきん》を縫っておいたわよ？　各家庭から最低一点、何か出して欲しいそうだから。あとね、不審者情報が入ってきてたわ。だから学童保育所へはお迎えに行くことにした」

清花は手を止めて義母を見た。

一人っ子だから小学校も初めてで、ＰＴＡのことも学校行事についてもよく知らない。お知らせプリントはしょっちゅう来るし、冷蔵庫にマグネットで留めてある分を読むのが精一杯で、準備をしなきゃと思っていると義母《はは》がすべてを済ませていく。自分よりも彼女のほうが、いつもタイミングが早いのだ。

「何から何まですみません」

「いいのよ。私は時間があるし、勉《つとむ》も協力してくれるから――」

勉というのが夫の名前だ。義母はいつもこんなふうに話を進める。本心からそう言ってくれているのか、裏に皮肉が隠れているのか、清花は判断がつかずにモヤモヤとする。話しながらも卵焼きが焼き上がり、味噌汁ができていく。

「――あと、今週末に凜々子《りりこ》たちが遊びに来るからよろしくね。アンパンマンミュージアムへ行くんですって。桃ちゃんも楽しみにしているみたい」

凜々子は夫の妹で、桃香の部屋になる予定の一室はこうしたときのために空けてある。義母と同居するとはつまり、ここが木下家の実家になったということなのだ。

「わかりました。でも、私は今週末……」

「いいのよ、いいの。清花さんが忙しいのはわかってるから」

まるで自分の存在など初めから気にしていなかったように言う。そして実際、清花が不在でも生活は支障なく成り立っている。話し声が聞こえたのか、娘は元気に起きてきて「ママおかえり」と清花に抱きつき、体調の心配などものともせずに、大好きな卵焼きでおかゆを食べた。義母は夫のトーストも清花の分もあっという間に準備して、結局清花がしたことといえば、漬物を切ってコーヒーを淹《い》れ、食卓で朝食を摂ったことだけだった。

義母が縫ってくれた雑巾をランドセルに押し込んで、桃香と一緒に家を出た。マンションの庭には集団登校の子供を見送る母親たちが集まっているが、清花は彼女たちをよく知らないし、どの子がどの家の子かもわからない。少しでも長く一緒にいたいからエレベーターは厭《いや》だと言い張る桃香と手をつながないで階段を下りるとき、

「ママ、あのね……桃香はね、ママとパパ、どっちと一緒に暮らしたい？　って、パパが訊《き》くよ」

突然娘がそう言ったので、鳩尾《みぞおち》に痛みを感じた。

夫から離婚をほのめかされるようになったのはいつか、清花はもう覚えていない。家事も育児も万全にこなす母親に育てられたせいなのか、勉は仕事を優先する清花の姿勢に否定的だ。適正な部署への異動願いを出すか、労働者の権利を行使して休みを取れと言うのである。出会った頃は立場の差なんか気にしなかったし、警察という組織で働く限りそれぞれの部署に上下もないが、刑事は危険な仕事なので収入は清花が上回る。夫は口にこそ出さないが、それを負い目に思っている節があり、しきりに閑

職への異動を勧めてくるのだ。できないなら離婚を考えると言ったりもする。

子供がいるのだから仕事をセーブするべきだ。夫の意見は理解できる。外側から見ているだけなら清花だってそう言ったかもしれない。けれど事件の渦中に立ってみれば、休みが取れるタイミングと取れないタイミングがあって、自分勝手に権利を行使できない。人の生き死にに関わる仕事だからこそいち早く身柄を拘束して、次の被害者や、場合によっては犯人の命を守らねばならないときもある。罪を犯した者が命を絶って、事件の全容を語ることなくあの世へ逃亡するのは許されない。

「桃香はどっちと暮らしたい？　ママ？　パパ？」

迂闊《うかつ》に問うと娘はピタリと足を止め、清花の顔をじっと見上げた。その眼差《まなざ》しに、清花は正男くんを思い出す。

「ママ……あのね？」

と、娘は言った。そしてつないだ手を離し、小さな両手を清花に向けた。

「だって、だってさ……ママはどう？　こっちとこっち、どっちがいらない？」

右手と左手、どっちを切り落としたいか問われるのと同じことだと言っているのだ。清花は娘の言葉に胸をつかれた。幼い桃香の気持ちさえ慮《おもんぱか》ってやれない自分はなんなのか。いつからこんなに乾いてしまったのだろうか。孕《はら》ませただけでは父親じゃない。ならば自分は、産んだら母親だとでも思っていたのか。

清花はステップに跪《ひざまず》き、ランドセルごと娘を抱いた。

外では子供たちが騒いでいる。「桃ちゃーん」と呼ぶ声もする。また階段を下りながら、清花は自己嫌悪に苛《さいな》まれていた。自分だけが頑張っているわけじゃない。夫も義母《はは》も小さい桃香も頑張っている。自分が刑事をしているせいで。

マンション前の庭に下りると、新参の住人よろしく母親たちに頭を下げた。集団登校の子供たちが羨望《せんぼう》の眼差しで清花をチラチラ見ているわけは、『桃香のママは刑事さん、悪い奴らをやっつける』と、娘が吹聴しているからだ。桃香はだから、清花の仕事が忙しくても我慢を続ける。当然ながら母親たちも、清花が刑事であることを知っているのだと思う。

子供たちの見送りが済むと、立ち話をする彼女らを尻目《しりめ》に県警本部へ向かう。警部補で刑事といっても自分は公務員だし、送検すれば終わる仕事だ。でも『母親』は子供の一生を左右する。駅に向かって歩きながら、清花は、もう見えなくなったマンションを振り返った。

桃香と家を出るときも夫は玄関で見送って、一緒に来ようとしなかった。夫の仕事の状況やシフトについて把握しなくなったのはいつからだろう。彼だって妻がどんな事件を追っているか知らないし、訊きもしない。昔はもっと互いのことをわかっていたし、桃香の世話も助け合いながらやっていた。結婚当初は間違いなく夫婦だったはずなのに、子供を得たら妻を辞めて母親になり、刑事になったら妻どころか女も辞めてしまった気がする。マンションを買って義母と同居が始まると夫は息子に戻ってしまい、自分は夫を失った。『いいのよ』という言葉に甘えて、無意識に、義母におんぶに抱っこをしていたからだ。幼いはずの桃香が大人びた顔をしたことが清花の胸を抉《えぐ》っている。あの子を悲しませているのは私だろうか。

清花はポケットに手を突っ込んでフルーツグミのケースを取り出した。モヤモヤしているときの組み合わせは桃とイチゴだ。虫歯になるからと義母が桃香に買い与えないお菓子を二粒まとめて口に入れ、奥歯でガシガシ嚙《か》みしめる。義母に隠れて口にするのは滑稽《こっけい》だけど、清花にとってグミは精神安定剤なのだ。桃香の歯磨きをしっかりみてあげられる母親ならば、お菓子ひとつでコソコソしなくていいのだけれど。

電車に揺られて庁舎に向かうとき、異動について考えた。もう少し穏やかな部署へ行くのはどうか。でもそれは築いたキャリアをドブに捨て、部下を裏切り、厳しい現場から逃げ出す姿勢にほかならない。女であり、母でもある、それでも成果を出すことで後進の女性警察官らに道を拓《ひら》いてきたつもりだったのに、やっぱり私は逃げるのか。それとも義母に対抗心があって、強引に自分の居場所を作りたいだけなんだろうか。桃香のためと言いながら、義母や夫に自分を認めさせたいのか。

「もう……わからなくなってきちゃった……」

口の中で呟《つぶや》いた。弱音を吐いてもどうにもならない。ならば三十分だけ仕事をセーブするのはどうか。そうだ、先《ま》ずはそこからだ。

顔を上げ、メロン味のグミを一粒、コッソリ口に放り込む。

列車が停止するのを待っているとき、胸でスマホが震えた。

部下からの緊急メールだ。車内で通話機能を切っていたのでメールをくれたようだった。ホームに降りて直接部下に電話をかける。通勤ラッシュで人々の動きは速く、流れるように移動していく。入線や発車を知らせる構内放送やメロディなどが喧騒《けんそう》の上を流れて、一日の始まりを告げている。

「木下です。どうしたの?」

発信元の刑事に訊くと、「大変です」と切羽詰まった声で言う。

「班長、ヤバいっすよ、留置場で本堂結羽が自殺しました。靴下を呑《の》み込んで……」

「えっ!」

取り巻く音が一瞬にして消えた。

取調室でしきりに膝《ひざ》を擦《こす》っていた本堂の手や、揺れていた椅子、次第に支離滅裂になっていった証言や、最後に自分を罵倒《ばとう》したときの憎々しげな顔が頭を過《よ》ぎった。

――待てクソ女……覚えていやがれ――

あれはこういう意味だったのか。

「班長、聞いてます？　担当さんが見つけて処置をしたけどダメでした。まさか靴下で気道を塞《ふさ》いでいると思わずに、何かの発作と思ったみたいで……」

あとの言葉は聞き取れなかった。清花は走って現場に向かい、霊安室で変わり果てた本堂と対面した。

狭量で陰険で嫉妬《しっと》深《ぶか》くて自信がなくて小心な人間ほど自分の縄張りで虚勢を張ると、私は知っていたのではないか。本堂結羽はその典型みたいなヤツだった。だから心から蔑《さげす》んだ。自分の非を認めない。創り上げた虚像を壊せない。そういう人間が追い詰められたらどうなるか、私はそれも知っていた。司法に裁かれて奥さんや子供以上の酷《ひど》い目に遭えばいいと望んだ。でも、彼は反撃の手札を持っていた。

「……まずったわ」

まさか、こんなことになるなんて。

部下たちの表情は冷ややかだ。言葉には出さずとも、忠さんに任せておけばこんなことにはならなかったと、その目が饒舌《じょうぜつ》に語っている。でも、それでは生ぬるいと思ったのだ。本堂は初犯だし、妻を突き落としたことは立証できず、息子を刺して事故死した妻の保護責任者遺棄致死罪にしか問えない可能性だってあった。だからこそ、嘘を切り崩す切っ掛けに虐待を自白させたのは間違いではなかったはずなのだ。

「どうするんですか」

と、部下が問う。他人事《ひとごと》のような言い方だ。

本堂の死に顔には逃げ切った者の清々《すがすが》しささえ窺《うかが》える。清花にはその魂が、自分を見下ろして「ざまあみろ」と嗤《わら》っているように思えた。

後日、しかし早々に、本部長室へ呼び出された。

壁一面に表彰状やトロフィーが飾られて、警察官の心得を記した額の両側に国旗と県警旗が掲げられた部屋で、清花は本部長と監察官が並ぶデスクの前に立たされて、本堂結羽が自殺した経緯について説明を求められた。

本堂の聴取を始めた時点で、近隣住民の証言や防犯カメラの映像、供述の矛盾などから無理心中に偽装した妻子殺しの疑いは濃厚だったが、物的証拠に関してはまだ鑑定が進められている最中だった。聴取の模様はすべて記録に残したし、担当刑事や清花が暴言を吐いたり被疑者に暴力を振るったりした事実はない。それでも勾留《こうりゅう》中の被疑者が留置場で自殺するのは、責任の所在が本部長にまで及ぶ大問題だ。どの県警本部でも自殺防止には細心の注意を払っているが、それでも自殺は起きてしまった。

「犯行が確定する前に被疑者を死なせてしまったのは余計に不味《まず》いね」

監察官が静かに言った。

警務部一課所属の監察係は警察組織の防衛が任務で、組織として褒められざる行いをした警察官を監察、ときに処分する。警察官の警察と呼ばれる監察官は一様にダークグレーのスーツを着込み、白いワイシャツを身に着けている。寡黙な上に表情もなく、対峙《たいじ》するだけで法廷の被告席に立たされたような気分にさせる。

その威力は、いま清花に向けられた。組織で問題が起きたとき、必ず誰かが責任を取らねばならないからだ。取り調べに行きすぎはなかったはずだ。清花は本堂を煽《あお》ったが、それも必要なことだった。ただし本堂がそれを怨《うら》んで自死を選ぶことまでは想像しなかった。しかも留置場で死んだのだ。清花に報復するために。

清花は本部長や監察官から目を逸《そ》らすことなく、言い渡された自宅待機を受け入れた。何を反論しようと無駄であるのはわかっていたし、誰かが責任を取らねばならないのなら、それをすべきは班長の自分だ。

「正式な処分は追って通達するが、それまで自宅待機して目立った行動を慎むように」

悔しさで腸《はらわた》が煮えくりかえる感覚がなかったのは、死んだ被疑者が真犯人で、事件はもう終わっていると知っているからだ。これが犯人を追っている最中だったら、声を荒らげて反論していただろう。

清花は慇懃《いんぎん》に一礼すると本部長室を出た。

そして本堂ではなく、部下たちのことを考えた。彼らは自分を止めたのに、自分はそれを聞かなかった。忠さんの手柄を横取りしたかったわけではなくて、本堂に真っ当に罪を認めさせたかっただけだが、それを敢《あ》えて説明しようとも考えなかった。あのとき、あの場所で、あの瞬間には、できる限りのことをしたつもりだった。

刑事部屋に戻ると部下たちは無言でそこにいた。どの顔も、『あんた、やり過ぎなんだよ』と語っている。彼らに対して虚勢を張り続けてきたのは確かで、今さらそれを詫《わ》びたくないし、惨めに思いたくもない。清花は自分のデスクに戻ると、

「自宅待機よ」

と、彼らに言った。

「しばらく出てこないから。あとはよろしく」

部下たちは無言でそれぞれの仕事を始めた。あの日聴取を担当していた忠さんだけが、目をシバシバさせながら、

「ま……班長は働き過ぎでしたからね。少し休むのもいいでしょう」

と、苦笑した。

気遣ってくれたことはわかるが、清花は素直になれずにいた。ほかの刑事は何も言わない。呆《あき》れたような、怒ったような顔をしている。刑事の世界は競争だから、うるさい女上司の失脚は彼らにとって朗報なのだ。仲間の冷たい眼差《まなざ》しに心を抉《えぐ》られ、清花はもう、何も言わずに部屋を出た。被疑者に死なれることがこれほどまでに衝撃的で、且つ敗北を突きつけられた気持ちにさせるとは。

保管庫に警察手帳を戻すとき、一抹の悔しさが胸を刺したが、脇目も振らずにロビーを歩いて、堂々と正面玄関から外へ出た。

太陽の光が眩《まぶ》しくて、風は長閑《のどか》に吹いていた。

これほど明るいうちに、しかも自宅へ戻るために庁舎を出たのは初めてで、風が含んだ潮の匂いに今さらながら気がついた。空には箒《ほうき》で掃いたような雲が湧き、夏の終

わりを知らせてくる。忙しすぎて季節を感じる暇もなかったので、桃香の入学式から一気に時間が動いた気がした。

自宅待機と本部長は言ったが、監察官に目を付けられた以上、キャリアは終わったも同然だ。部下もそれを知っている。清花は、懸命に担いできた荷物を開けたら空だった、という気分になった。ふいに悪感情がこみ上げて、押し戻すために深呼吸した。自宅待機が解けたら左遷されるかもしれない。通勤に不便な所轄へ異動させられ、暗に辞表を促された者を知っている。監察に目を付けられた警察官がいると全体の士気が下がるし、神奈川県警は特に厳しいトップクラスの県警本部だから、きっとこのままでは済まないはずだ。

でも、自分は絶対に間違っていない。

正義を貫いて何が悪いのか。家庭を犠牲にして頑張ってきた結果がこれとは。警察官は、こんなことで左遷させられる職業なのか。家族殺しの犯人を逮捕したかっただけなのに、なぜ責められなければならないのだろうか。

歩き出したとき、こみ上げてくる悔しさを抑えきれなくなった。すれ違う人たちが顔を見る間もないくらい早足で歩きながら、清花は何度も涙を拭《ぬぐ》った。家庭の居場所を狭めてまでして、成果を挙げるために戦い続けた自分自身や、改善を重ねた捜査手順に取り調べ、部下との軋轢《あつれき》を押してようやく勝ち取った班長のポスト……それらすべてが指の隙間からこぼれ落ちた。あの忌々《いまいま》しい男のせいで。

悔しかった。悔しくて、清花は食い縛った歯の隙間から自分の頬を吸い込んだ。失ったあれこれを思うとき、比重は家庭よりも仕事にあって、でもそれを自分は失ったのだと実感した。いまさらどんな顔をして家に戻ればいいのだろうか。

義母《はは》に台所を任せてもらって準備した朝食のチョコチップパンケーキは、桃香の『おいしい』を獲得したものの、半分程度が余ってしまった。木下家では朝から甘い物を食べる習慣がなかったことと、清花の肩に力が入りすぎ、味付けがくどくなったことが敗因だ。ママが家にいることを桃香はとても喜んだけれど、彼女が学校へ行ってしまうと、身の置き所のなさにうろたえた。生活のルーティーンができている義母とは違って清花は家事に手を出せず、ありもしない仕事を言い訳に夫婦の部屋へ逃げ込んで、書き終わった書類を眺めて日中を過ごした。

桃香が学校から帰って来ると、義母と三人でお茶を飲みながらおやつを食べた。学校のこと、ご近所のこと、バラエティ番組やスーパーの特売品など、延々と続くお喋《しやべ》りとお茶の時間は、むくつけき男たちと現場でする休憩とはまったく違って、幸福よりも戸惑いを感じるものだった。

「桃香はねー、お休みになったらねー、リリおばちゃんと、セイちゃんと、アスカちゃんと、アンパンマンムージムムへ行くんだよ」

義母手作りのジャガイモ餅《もち》を頬張りながら、娘は清花を見て訊《き》いた。

「ママも行く？」

どうせ自分は蚊帳《かや》の外だと、深く考えていなかったけれど、週末に義妹一家が来ることは聞かされていた。凶悪犯と話をするのはなんともないが、善良な義妹の家族と時間を過ごすのは清花にとってストレスだ。なぜと言って共通の話題がひとつもないのだ。

「アンパンマン？　いいわねえ。ママはどうしようかなあ」

社交辞令のように答えていると、義母がすかさず、

「チケットがないとダメなのよ。予約して購入する仕組みだから」

首をすくめて困ってみせる。清花は桃香にことわった。

「……ごめんね、ママ、その日はお仕事なんだな……だから後でお話を聞かせてね」

桃香は残念そうに目を伏せて、小さい声で、「……わかった」と言った。

たぶん、こういう思いをずっとさせていたのだ。図らずも家族と向き合える時間を手にしたというのに、自分は何をやっているのか。家は姑《しゅうとめ》が仕切っていて、家事には容易に手を出せず、桃香の友だちの名前も学校行事も公園もテーマパークもよく知らない。すべては刑事の立場を優先し、一般人との関わりを避けてきた自分のせいだ。普通のママたちとは住む世界が違うと思っていたし、共通の話題を探そうともしなかったのは、刑事でいることだけで手一杯だったから。その仕事がこうなってしまえば、なにもかもが失敗だったと思えて辛《つら》い。

食べ終えたおやつの皿を自分でキッチンへ運ぶ娘の背中を見守りながら、清花は深いため息を吐いた。刑事の仕事に誇りを持っていたけれど、それは桃香や義母や夫に甘えることで成り立っていたにすぎない。それなのにデキる班長を気取っていた自分はバカだ。刑事だけれど妻にも母にもなれない女、それが自分だったのだ。

「ママー、宿題すんだらご本読んでー」

母親に飢えていた桃香はベッタリで、清花は宿題を見てあげながら義母の顔色を窺《うかが》った。桃香を競り合うような後ろめたさが拭えない。

一緒に夕食の準備をしているとき、義母がポツリとこう訊いた。

「県警本部には戻れそうなの？」

タマネギの皮を剝《む》きながら、

「わかりません」

と、清花は答えた。自殺したのがどんな男で、そいつが何をやらかしたのか。内部情報は話せないので、義母は清花が無辜《むこ》の被疑者を死なせたと思っているようだ。物《もの》凄《すご》い速さで人参《にんじん》を切りながら、

「働く部署は刑事以外にも色々とあるでしょうにねえ」

と溜息《ためいき》を吐く。息子と同じ事務職だったら、定時に終わって休みも取れたと言いたいのだろう。清花は蛇口をひねってタマネギを洗い、水音で聞こえないふりをした。

家族に上手《うま》く溶け込めぬまま、警察業務からも外されて、週末は義妹家族を歓待し、夜は夫との間に桃香を挟んで眠った。また月曜が来ても職場へ戻れず、ときおり届いていた部下からのメールも途絶えがちになる。

家に居るのが苦しくて、日中は主婦の座を明け渡して外へ出た。働き過ぎだと思っていたけど、仕事を奪われて初めて自分の居場所がどこだったかを知る。近くの公園でベンチに陣取り、子供を遊ばせている母親たちを眺めていると、桃香が小さかった頃が思い出された。宿舎暮らしだったけど、生活は充実していたなあ。あの頃はまだ

新米の駆け出し刑事だったから、書類業務ばかりで臨場できない自分が役立たずに思えて厭《いや》だった。でも桃香や勉と過ごす時間はたっぷりあったし、愚痴を言い合うことだってできた。そういえば、いつから勉の笑顔を見ていないんだろう。

正午の鐘が鳴ったけど、昼は戻れないと義母に伝えてあるので、ベンチに脚を伸ばして背伸びした。お昼をどうしようかと考えていると、ポケットでスマホが震えた。部下だろうかとスマホを見ると、夫の勉からだった。

——十九時半に駅前のレストランを予約した——

いったいどういうことだろう。

——外で食事しようってこと？　桃香とお義母《かあ》さんは？——

——二人は来ない。俺は先に行って待っているから——

急になんだろうと思ったけれど、わかったと返事をした。

もしかして、励ましてくれるつもりだろうか。処分の方向が決まらない今は、試験結果を待つ学生のような気分でいる。ただし結果に『合格』はなく、あるのは『降格』と『異動の程度』だけなのだ。もしも通勤困難な所轄へ飛ばされたなら、そのとき自分はどうするだろう。監察に目を付けられて左遷された警察官は大抵辞職してしまう。針の筵《むしろ》を耐え忍び、退職金をもらうまで警察官で居続けるのは難しい。

清花はまた考える。自分は刑事以外の仕事に就けるだろうかと。

夜七時半。家を出たままの服装で食事に行くのもあんまりなので、近くのショッピングモールで羽織るものだけ新調した。着替えて約束の店に向かうと、勉はすでにビールを飲んで待っていた。誘ってくれてありがとうと言う前に、

「どうしたの？」

と、訊《たず》ねてしまう。勉は顎《あご》で向かいの席を指し、残りのビールを飲み干した。清花に水を運んで来たスタッフが、コースを始めていいかと勉に訊ねる。

「何か飲むか」

と訊かれたので「同じものを」と答えると、勉はビールを注文した。

「桃香と『ばあば』は商店街の祭りに行くってさ」

義母は自分を『ばあば』と呼ばせる。まだお祖母《ばあ》ちゃんと呼ばれる歳じゃないと言うのだが、清花はその差がよくわからない。二人だけの食事は桃香が生まれて以降はなかったから、数年ぶりになるのだろうか。改めて勉を見ると、顔の輪郭が丸くなり、中年にさしかかっているのだなと思う。自分も歳を取ったのだろう。自分たちが三十

歳を超えるなんて、想像したこともなかったのに。

「今回のことでは、心配させてごめんなさい」

初めて素直に謝った。夫は軽く頷《うなず》いた。

「どんなに気を付けても、やるヤツはやるからな……シャツを裂いたり、トイレットペーパーを濡《ぬ》らして呑《の》んだり……留置場のは、清花のせいじゃない」

それでも責任の所在は必要だ。

「左遷になるかもしれないわ」

夫は「うむ」と答えただけだ。

ビールと前菜が運ばれてきて、二人は静かに食事を始めた。

「今頃、桃香は何を食べているかしら。綿アメかな、お好み焼きとか、また服を汚してくるわね。お義母さんに申し訳」

「あのな」

と、夫は手を止めた。

「いや……食べながらでいいけど」

その言い方が気になって、清花はナイフとフォークを置いた。

「なに？　何か大切な話？」

「うむ。あのな……」

そして勉は、

「もう無理なんだ」

と、突然言った。清花は魚のフリットではなく、鉛を口に入れた気がした。

「無理って、何が？」

「俺たちだよ」

夫は皿から顔を上げもせず、ナイフもフォークも止めずに話す。

「え」

「今回のことが切っ掛けじゃない。ずいぶん前から考えていたんだ。俺はもう無理だ。悪いけど、清花に愛情がなくなった」

愛情がなくなった。

何を言っているのかわからない。いや、わかるけど、それがどうして今なのか、誘われてレストランで食事して、数年ぶりに二人きりの時間を持って、そんな話を切り出されるとは思わなかった。夫は次々に料理を平らげながらビールで喉《のど》を潤した。まるでこの食事の時間が早く終わって欲しいと願っているかのように。

そして、すぐさま決着を付けてしまいたいと言わんばかりに喋《しゃべ》り続ける。

「前は生活安全課だったよな……でも、一課に異動して清花は変わった」

「変わらない」

「いや変わった。それすら自分でわからないのが、すっかり変わった証拠だよ」

上目遣いに清花を見ると、すぐに目を逸《そ》らしてしまった。

「母さんがいなかったら、うちはとっくに破綻《はたん》してたよ」

「そんなこと」

「あるさ。言い方が悪かったかもしれないが、同居がなければもっと早くに、俺はおまえを見限っていた」

「見限っていたって、なんなのよそれ……残業続きは謝るわ。これからはもっと」

「そんな問題じゃないんだよ。やっぱり、ちっともわかってないな」

ナイフとフォークを皿に置き、勉はナプキンで口を拭《ぬぐ》った。

「どういうこと？　事務職員でも同じところにいるわけだから、私たちの仕事はよくわかっているはずでしょう？」

「私たち……な」

勉は皮肉な笑い方をする。たしかに現場と事務職は違うけど、事務職員だって現場の手伝いはするのだし、一般人より理解があってしかるべきだと思う。

勉は清花の顔を見た。唇が少し震えている。

「理解とかの問題じゃないんだよ。残業が気に入らないとも言ってない。なあ、清花。俺は何度おまえと話そうとした？　そのたびおまえはどうしていた？　話を誤魔化《ごまか》し、聞こえていない振りをする。一度でも俺の気持ちを聞こうとしたか？　俺の歩み寄りや提案を、受け入れるつもりはあったのか？　俺たちは夫婦か？　家族か？」

勉は悲しみで清花を刺した。怨《うら》んだり怒ったりしているのではなく、ただ深く傷ついているのだ。妻に無視され、妻の人生の外側に置かれたと感じている。彼の表情と言葉と眼差《まなざ》しは、それを清花に理解させるに充分だった。

「それは……だから……」

また食事を始めて、首を振る。

「いいんだ。話し合う気力もないんだろ。俺も責める気はない、もう疲れた」

「悪かったわ。これからは」

「もういいよ……」

一度言葉を切ってから、これだけは言っておかねばならないと言葉を続ける。

「おまえは気付いていないんだろ？　自分がどんな目つきになったか……俺は清花と結婚したんだ。刑事と結婚したわけじゃない」

あまりにも冷たく且つ的を射て、返す言葉が見つからない。なぜなら神奈川県警の捜査一課に配属されてからずっと、清花は刑事であることに全霊を傾けてきたからだ。女性であることに甘えたくなかったし、子供がいることを負い目に感じたくもなかった。それが正義と信じていたし、班長のプライドだとも思っていた。だって自分は、殺人、強盗、強姦《ごうかん》、放火、誘拐などの凶悪事件に向き合ってきたわけだから、妻や母親ではいられなかったのだ。

メインディッシュが運ばれて来るのを待って、勉は四つ折りにした書類をテーブルに載せた。判が押された離婚届だ。

どうしていきなりこんな展開になったのだろう。普通ならば険悪な時期がしばらく続いて、何度も話し合いをして、泥沼のようになって、諦《あきら》めて、結論を出していくべきことじゃないのだろうか。離婚届を清花のほうへ押してくる夫は、清花よりもずっと悲しみに満ちた表情をしている。そうだった。彼はそういう人だった。誰よりも優しくて、誰よりも一生懸命で、だから思いが届かぬ場合は誰より傷つく。そして大鉈《おおなた》を振り下ろすように縁を切ってしまうのだ。それ以上自分が傷つけられないように。

予兆はずいぶん前からあった。参観日に行くと約束したのに、呼ばれて臨場したときに。入学式の最中にメールを受けて、記念写真に収まれなかったときに。熱を出した桃香を義母《はは》に任せて出勤したときに。夫は何度も話をしようとしていたけれど、私がそれを避けたのだ。事件を言い訳にして現場へ向かった。労働者の権利は行使しなかった。刑事とはそういうものだと信じていたから。

清花は書類に指を置き、唇を嚙《か》んで呼吸した。

「……桃香はどうするの」

言いたい言葉はそれじゃないのに、違う言葉を言ってしまう。いつだってそうだ。

夫は俯《うつむ》いてステーキを切り始めた。

「すぐにというわけじゃない。預けておくからサインして戻してくれ」

なんて冷たい言い方だろう。清花は深く傷ついて、けれどまたも言ってしまった。

「お義母《かあ》さんは知ってるの？」

夫は驚き、目を丸くして、捨てられる子犬のように清花を見つめた。

彼は誠実で必ず筋を通す人なのに、わかっていたのに訊《き》いてしまった。被疑者を追い詰めるとき同様に。

「俺たちの問題だぞ？　母さんは関係ないだろ」

またやってしまった、と清花は思った。

彼をよく知っているはずなのに、誠実すぎる故に他者と関わることに臆病《おくびょう》で、いつも相手をよく吟味して、筋を通す人だと知っているのに、思ったままを口にして彼を傷つけてしまうのだ。思いやりが足りていない。だけど、でも、

──ママはどう？　こっちとこっち、どっちがいらない？──

幼い桃香の必死な顔が目に浮かぶ。

話し合いましょう。考えるから。私たちは家族でしょ。

言葉は胸に引っかかり、自己嫌悪に蓋《ふた》をされ、なぜか喉まで上がってこない。清花は書類をバッグに押し込み、顔も上げずに肉を食べている夫に倣ってステーキを切り始めた。味なんか、わからなかった。自分への嫌悪感がこみ上げて、追い詰められて、悲しくて、無茶苦茶で、嗚咽《おえつ》を飲み下すように肉を食べ、そこから先は無言のままで、デザートとコーヒーの前に席を立った。

支払いをする夫を残して外へ出て、彼が来るのを待ったけど、夫は店を出てくると清花に背を向けてこう言った。

「俺はもう一軒寄って行く」

パーン！　と空で音がして、ビルの隙間に花火が上がった。有名な花火大会なんかじゃなくて、商店街がイベントで上げる小さい花火だ。それを見上げることもなく、夫はどこかへ去って行く。よく知っていたはずの背中が知らない誰かの背中に思えた。

それは丸く、苦しみを抱きしめるように猫背になって、一度も振り返らずに角を曲がった。

勉を深く傷つけた。そして家族を諦めさせた。私は普通の感覚を失って、家族に甘えすぎていた。

――俺は清花と結婚したんだ。刑事と結婚したわけじゃない――

一方で、すべてを否定されたようにも思った。刑事も含めて木下清花という人間なのだと、彼に認めて欲しかった。けれど、それも甘えだろうか。どこで何を間違えたのか、自分は刑事の立場さえ間もなく失う。

どうすればよかったの？

清花は自分に問うたけれども、答えはまったくわからなかった。


家で勉は離婚の『り』すら口に出さないが、その夜を境に、清花に対する態度が妻ではなくて同居人へのそれに変わった。二人の異変をいち早く感じたのは義母ではなく娘のほうで、お祖母《ばあ》ちゃんの読み聞かせよりも夫婦の寝室で寝たがった。二人の仲を取り持つように無理してはしゃぐ姿を見るとますます自己嫌悪に陥って、何もかもがストンと嫌になる。生き様の矜持《きょうじ》を失って、途方に暮れて、清花はわけもなく死にたくなった。誰かを悲しませるために死んでやろうという気持ちは、蔑《さげす》むべきだが自分にもあるのだと知った。もしも殉職したならば、夫は離婚を切り出したことを後悔してくれるだろうか。桃香はきっと泣くだろう。お義母さんはどうだろう。そしてまた自己嫌悪する。家族と衝突もせずに命を絶って、思い知らせてやりたいなんて……そんな姑息《こそく》な部分が自分にもあったと知るにつけ、清花は呼吸さえ苦しくなった。

「どうだ？　たまには吞《の》まないか」

研修中に世話になり、その後も何かと気にかけてくれる上官の返町《そりまち》が電話をくれたのは、自宅待機一週間目の昼だった。彼は清花のバイタリティを買って捜査第一課への異動を推してくれた恩人で、おそらく今回の失態を上層部から聞いていると思われた。こんなときに上官から飲みに誘われる場合の多くは慰安ではなく、内々の話があるからだ。

清花は義母に頭を下げて、返町の行きつけだというおでん屋まで足を運んだ。平日の午後六時過ぎ。現役で働いている者たちが街へ出るには早めの時間帯だった。返町自身も現役で働いているのだけれど、家庭を持つ清花を気遣って時間を選んでくれたのだと思う。昭和の風情漂う飲み屋街で暖簾《のれん》を守る小さな店の、壁に溶け込むような隅っこの席で、ヤカンから注がれる焼酎《しょうちゅう》で乾杯したあとは、お任せのおでんが出てくるのを待った。お通しなどはなく、二千円もあれば酔える店だ。

「少しは休めたか」

と、返町は聞き、自分の皮肉に気付いて笑った。

どう答えたらいいのだろう。捜査の途中で外されたなら恨み節をがなり立ててもいいが、送検前に被疑者を死なせた刑事は惨めだ。焼酎を啜《すす》りながら黙っていると、返町はフッと視線を逸《そ》らした。

「おまえのせいとも言えないことは、上もわかっているんだが」

「仕方ないです。班長ですから」

「それもあるが、木下は……」

と、返町は言う。

「……仲間内に敵を作りすぎたな」

思いもしない言葉を言われ、清花は返町をじっと見た。

「当夜、留置場の担当をしていた人物も悪かった。専属の監視人が一人だけで、『上』

が目をかけているキャリアが補佐に入っていたそうだ」

それが誰かは聞かずともわかった。清花は微《かす》かに唇を噛んだが、今は怒りよりも空《むな》しさを感じた。その人物とトラブルになったことはない。だが、返町は敵を作ったと言っているのだ。彼は焼酎をグィッと呷《あお》り、グラスを置いてまた言った。

「内々の話を聞くと、おまえの評判が考慮された可能性があるな」

「なんですか。評判って」

清花も焼酎を飲み干した。返町が手を挙げて、ふたつのグラスにおかわりを頼む。

「刑事は基本的にローンウルフだ。それぞれが手柄を立てたいし、性格は執念深い。相手を立てろと言っても難しいが、プライドをへし折れば牙《きば》も剝《む》く。木下は班を率いる上で、その配慮に欠けていた」

「手柄ってなんでしょう。私たちは一般人を守るために働いているのであって、保身や自己顕示欲のために仕事をしているわけじゃないです」

「それは詭弁《きべん》だ。刑事にだってモチベーションは大切だ。仕事を任せ、成果を認め、さらによい仕事をさせるのが班長の務めだ」

清花は焼酎のグラスをギュッと握った。

「責任を取るだけでは足りないんですね。私は……」

私は失格だったのでしょうか。班を率いる者として、能力が足りていなかったんでしょうか。あとの言葉を言ったなら、想いが溢《あふ》れてきそうで押し黙った。要するに部下からの人望が足りなくて、体良くすげ替えされたということだ。こんな屈辱があるだろうか。返町の言葉は、潔く責任を取ったというプライドさえもズタズタにした。

彼は清花の肩に手を置いた。父親のように温かな手だ。

「足りなかったわけじゃない。頑張りすぎだ」

返町は言って、カウンター台におでんが載ると清花より先に腕を伸ばし、目の前に置いてくれた。清花はかろうじて頭を下げた。

「……すみません」

礼を言ったつもりが詫《わ》びているように聞こえて、それが悔しい。自分は間違っていなかったはずだ。辛子まで取り分けてくれながら返町が訊《き》く。

「今回の件で刑事は懲りたか」

「そんなことはありません。ただ……」

と、清花は言葉を濁した。自分の気持ちを見つめて言葉を探す。本当に懲りていないのか、こんなにズタズタにされたというのに。

「……仕事ではなく私自身に、自信を失いかけてはいます」

返町は大根に箸《はし》を入れた。半透明の醬油《しょうゆ》色に染まった大根は、割るとフワリと湯気が立ち、染みこんだ出汁《だし》がしみじみ香った。信頼の味付けを感じさせる煮込み具合を眺めつつ、こんな料理は自分にはとても作れないと思う。刑事にもなれない、家庭人にもなれない。それなら自分は何なのだろう。その大根に辛子を塗りながら、

「刑事は孤独な商売だからな」と、返町は言う。

「喰《く》わんのか？」

「いただきます」

おでんの前に焼酎をクーッと呑んだ。

「おまえに異動の辞令が出るようだがな……」

そういう話だと思っていた。清花はちくわに辛子を載せた。そして辛子のほうから口に運んだ。激しい辛みが鼻に抜け、涙がにじんで気持ちがよかった。自分の状態がどんなでも、匠《たくみ》の技で仕込まれたおでんは最高だ。こういう料理を作れる妻で、母親であるべきだっただろうかと考えて、なにもかも嫌になってきた。

「はい」

と抑揚のない声で答えた。

「今までの働きや実績も、潔すぎる性格も、俺はわかって評価している。木下には間

違いなく刑事としての素質がある」

それがなんだと言うのだろう。私はもう、刑事でさえないというのに。

「……実はな」

返町は声を潜めた。

「警察組織も新陳代謝を求められる時代になった。犯罪は多様化し、巻き込まれる一般人は桁違《けたちが》いに増え、処理しきれずにこぼれ落ちていく犯罪も増えた」

返町の言葉は頭をかすめ、清花は卵に箸を突き刺した。

「木下は未解決事件に興味があるか」

「は？」

手を止めて顔を上げると、返町が覗《のぞ》き込んでいた。

今年四十五になる返町は、長身で、色黒で、顔が大きい。くせっ毛をオールバックに整えて、いつもビックリしたような目をしている。

その目が清花にピタリと止まると、我知らず清花は返町を睨《にら》んだ。

「コールドケースのことですか？」

「完全なコールドじゃなく、凍りかけの事件だな」

返町は焼酎で喉《のど》を潤してから、大根をすべて平らげた。

「刑事もいろんなタイプがいるが、木下の長所は正義感と粘り強さだ」

「もういいです。それが暴走するとこうなるんです。今回のことで身に染みて理解できました」

清花の皮肉など意に介さずに、返町は続ける。

「警察には連続性と関連性を持つと思《おぼ》しき案件のまま中途半端に放置された事件がかなりある。大きな事件が発覚してから過去の事案との関連性が浮上してくることも。そうした場合、事件のつながりを公にすることはほとんどないが、メディアやプレスにすっぱ抜かれて痛い思いをすることがあるのは知ってるな？　現場の人間が勘を働かせて進言しても、無視された結果そうなることも……俺たちは公務員だからな」

「過去の事件を掘り起こして捜査するのは県警一課の仕事ですが、実際は誰もやりたがりません。面倒臭いし、時間の経過と共に証拠も記憶も当事者も消えて、事実がわかって喜ぶ人すらいないんですから」

「だからだよ」

と、返町は言う。

「だからこそ、そうなる前に調べ直そうということだ。完全に凍り付いてしまう前にな」

「その部署へ異動しないかと、私に打診しておられるんですか？」

返町は焼酎《しょうちゅう》のグラスを持ち上げて、乾杯するような仕草をした。

「まあそうだ。警察庁だが」

「……警察庁……警察庁に捜査権はありません」

返町は焼酎を飲んで言う。

「まだ試験的な運用だが、特別捜査権を持つ部署を新設しようというんだよ。部署としてのノルマはないし、所轄と連携を取って、部署としては逮捕も送検もしないんだがな」

「調べるだけ調べて、手柄は所轄に渡すってことですか」

「それを手柄と考えるなら、必要のない部署ということになる。おまえはさっき言ったよな？　手柄とは何かと。自分たちは一般人を守るために働いているのであって、保身や自己顕示欲のために仕事をしているわけじゃないと」

一本取られたと清花は思った。返町はそういう人だった。飄々《ひょうひょう》としているが、人の表も裏も熟知して、誘導することに長《た》けている。そして忠さんの取り調べの仕方を思い出した。返町も忠さんも、相手を搦《から》め手で追い詰める。刺激せず、穏やかに、けれども納得させていくのだ。自分はなぜ、忠さんのよいところに目を向けることができなかったのか。返町は続ける。

「コールドケースを調査することによって次の犯罪を未然に防げるなら、もしくは隠れた犯行を見つけ出すことができるなら、それは一般人を守ることにならないか？」

「返町課長はずるいです。それこそ詭弁《きべん》じゃないですか」

「では無理か」

と、返町が言うので、清花は焼酎のおかわりを頼んだ。彼が自分を呼び出して話をしたということは、選択肢は二つだけなのだ。その部署へ出向するか、辞表を出すか。

清花は辞表と離婚届の二通を準備する自分を想像した。そこにいるのはあまりにも惨めな自分だ。ただ懸命に頑張ってきただけだ。やり方は拙《つたな》かったとしても、間違ったことをしたわけじゃない。その結果、何もかもすべてを失えというのだろうか。それでいいのか、木下清花。

「いいえ」

と、清花はグラスを握る。

「犯罪を憎む気持ちは、それだけは、誰にも負けない自負があります」

返町は微《かす》かに笑った。

「警察庁特命捜査係・地域潜入班というのがその部署だ。都道府県警察ではなく警察庁本部の直属で、地方機関ではなく内部部局だ」

「何をすればいいんですか？」

「誇りと使命感を持って国家と国民に奉仕する部署。と、言えば聞こえはいいが、過去の未解決事件から連続性と関連性を持つと思しき案件を見つけて背景を調べ、犯罪を未然に防ぐことを旨とする。要は事件が起きた背景を探って、次の事件が起こらないよう所轄に情報を提供するのが仕事だ。公安の連中みたいに国家を守れと言ってるわけじゃない。もっと身近な、普通の人たちを守ろうというんだ」

「白星を挙げる権限もないということですね」

「木下の性格からするとモチベーションの維持が難しいかもしれないな。手柄は所轄のものでも、既存事件を探るとなると所轄は煙たがるだろうし」

それは、完全に、辞める前提で警察官を飛ばすための警察庁の部署ではないか。

清花の中で何かが燃えた。私は職務に忠実だった。使命にすべてを捧《ささ》げてきた。それなのに、こんな仕打ちを受けるのか。そんな部署をわざわざ作って、私以外の警察官にも同じ思いをさせるというのか。燃え上がったのは闘志と怒りだ。

「わかりました」

と、清花は答え、三杯目のグラスを空にした。飄々と返町が言う。

「ボスの土井《どい》は妙な野郎だができる男だ。学ぶことも多いだろう」

もはや何を学べというのか。返町の皮肉に清花は笑い、でも、いっそ覚悟が出来たと思った。そっちがその気なら、どれほど過酷な部署であろうと、どれだけ僻地《へきち》へ飛ばされようと屈しない。今の自分に残されたものは警察官の矜持《きょうじ》だけなのだから。

第二章　警察庁特命捜査係地域潜入班

自宅待機が明けると、予想していたとおりに当該部署への出向辞令が発令された。左遷組の去り際は呆気《あっけ》ないもので、混乱もなければ感傷もなく、清花は県警本部の捜査一課を後にした。部下たちは新しい案件に飛び回っているのか、それとも、それが総意であったのか、班のデスクは閑散として見送る者さえいなかった。いっそ清々《すがすが》しいと清花は思い、その足で美容院へ行ってむさ苦しくなっていた髪をバッサリ切った。勉はセミロングが好きだったけれども、今の清花は自分を鼓舞することが最優先で、だからやっぱり刑事らしく、ベリーショートにしてもらうことにした。

肩に髪が落ちて行く。変わっていく自分を鏡で見ながら、ここからよ、と清花は自分に言った。ここで挫《くじ》けたら今までのすべてが無駄になる。意地でも警察官で居続けてやる。

出向と決まれば当該部署へ挨拶《あいさつ》に行かねばならないが、返町から指示された場所はなぜか警察庁本部ではなく、横浜《よこはま》の日本郵船歴史博物館の隣に位置する駐車場だった。

午前七時三十分。よく晴れた日で、みなとみらい周辺の特徴的なビルの上に秋空が広がって、中空に留《とど》まるエアキャビンが高層ビルに生《な》った実のようだ。スーツ姿で指定された駐車場に入っていくと、まだ閑散として空《す》いていた。海風がカモメを吹き上げて、カーホ、ケーホと鳴く声がした。

駐車場の最奥に小型のバスが駐《と》まっている。ずんぐりむっくりしたシルエットがイモムシに似て、どんな人がこういう車を選ぶのだろうと考えた。グレーと白のツートンに8ナンバーが付いているのでキャンピングカーだ。震災が相次ぐようになってから、国内のキャンピングカー人口は増えているらしい。駐車場の問題もあって首都圏でオーナーになるのは難しいけれど、こういう車があったら桃香を乗せて旅に行きたい。そのシーンを想像したとき、自分と桃香の近くに夫と義母《はは》の姿もあって、清花は胸がキュッとした。離婚届を突きつけられても、自分たちは家族だったんだなと思う。自分と勉と桃香と義母と、それが当たり前の生活だったから。

清花は鼻の下を指でこすって唇を噛《か》んだ。

車の持ち主だろうか、駐車場の手すりに体を預けて痩《や》せた男が海を見ていた。それ以外はガランとしていて何もない。時間と場所を指定されただけでほかのことは聞いていないので、これは試験か試練だろうかと清花は思う。ポケットからグミのケースを出してコーラ味を口に放り込む。駐車場の真ん中あたりで周囲を見回していると、

「木下清花さん？」

と、名前を呼ばれた。

思わず敬礼の体勢になって振り向くと、手すりに寄りかかって海を眺めていた中年男が、ズボンの尻《しり》ポケットに手を突っ込んで立っている。渋い色で着古した感じのポロシャツに膝《ひざ》あたりまでの短パン姿。ボサボサ頭で無精ひげ、カマキリのように頬がえぐれて普通サイズのメガネが大きく見える。男は黒目がちの大きな瞳《ひとみ》を持っていた。

「……え……あ……」

清花は思わず眉《まゆ》をひそめた。

「特捜の土井火斗志《どいひとし》です」

隣に越してきた某《なにがし》です、という調子で頭だけ下げる。

ジロジロ見るのも失礼なので、清花は直立不動になって、

「神奈川県警刑事部捜査第一課木下清花警部補は、本日付にて警察庁特捜地域潜入班勤務を命ぜられました」

　腰を直角に曲げてお辞儀した。

「そうね、よろしく」

　相手は軽く返しただけで、スタスタとキャンピングカーのほうへ歩いていく。清花は慌ててその後を追った。

「あの……ボスのことはなんとお呼びしたら……」

　履き古したスニーカーをズタズタ言わせながら、土井は耳のあたりで手を振った。

「いいのいいの。そういうね、堅苦しいのは必要ないから、ぼくのことは……まあ、場合によるけど。で、そっちはなんて呼んだらいいかな？　とりあえず『サーちゃん』でどうだろう」

「は？」

　清花はさらに眉根を寄せた。なんなの、このアンポンタンは。神奈川県警の捜査一課で班長だった私に、いきなりセクハラかまそうって言うの？

　清花の気持ちなど知りもせず、彼は駐車場の最奥に駐めたキャンピングカーのところまで行くと、リアドアの前で振り返り、

「コーヒー好き？」

と訊《き》いてきた。

「好きですけど」

土井はリアドアを開け、キャンカーに乗るためのステップを出した。靴のまま車内に入り、敷いてあるマットの上で靴を脱ぐ。そして清花に、

「マットまでは土足でいいから」

と言った。車に入って来いということだ。

「失礼します」

さらなるセクハラを怪しんで中を覗《のぞ》くと、運転席の後ろに対面のソファとテーブルがあり、反対側にはシンクと棚と冷蔵庫があって、それより奥はドアで塞《ふさ》がれていた。土井は奥側のソファに座って、ポットからカップへと熱いコーヒーを注いでいる。ステップを踏んで車内に入るとき、ドアにマジックペンの落書きを見た。『しんじこ』とか『ふじさん』とかの拙《つたな》い文字は子供が書いたものらしい。

車内に入り、マットの上で靴を脱ぐ。

天井が高く、立っていられる。コンパクトで機能的。車内の空間とは、ちょっと信じられないくらいだ。

「すごい……私、キャンピングカーって初めてで」

「平成十二年式のトヨタコースター。ロングベースのワンオフ、つまりオーダーメイドってことね」

そんな昔に製造された車の何を土井が自慢したいのか知らないが、とりあえず向かいの席に腰を下ろすと、マグカップに注いだコーヒーを前に置いてくれながら言う。

「返町から聞いたと思うけど、この部署はスーツじゃ仕事にならないからね」

そして「飲んで飲んで」と、コーヒーを指した。

上官から受けた説明はモチベーションの上がらない未解決事件に関わるということだけだ。そもそもどうしてこんな場所で、キャンカーの中で、コーヒーを飲まなくてはならないのだろう。

そう思ったが初日でもあるので、清花は黙ってマグカップを取った。砂糖もミルクもなかったけれど、半端なカフェよりずっと美味《おい》しいコーヒーだった。

「ん？　おいしい……そしてインスタントじゃない……」

土井はこぼれそうなほど大きな瞳でチラリと清花を見ただけだ。

何も言わずに運転席へ手を伸ばし、ファイルを一冊引き寄せて、清花の前に滑らせてきた。青い裏表紙に観光地のシールがベタベタ貼られたファイルを開くと、きちんと中表紙がついていて、『牡鹿沼山周辺・児童連続神隠し事件』とタイトルがあった。

捜査本部《ちょうば》が立つたび事件名を冠した『戒名』が発表されるものだけど、こんな奇妙でふざけた戒名は見たことがない。清花はカップをテーブルに置いてファイルを開いた。書類はけっこうなボリュームがある。

土井はと言えば、窓から外を眺めている。カモメはまだ飛んでいて、開けた窓から海風が優しく吹き込んでくる。ファイリングされていたのは子供たちの『捜索願』で、現在は『行方不明者届』と呼ばれている。年齢、性別、氏名等の基本情報のほか、失踪《しっそう》時の服装や時間や場所、状況などが書かれている。子供の失踪は事故や事件性を先《ま》ず疑って特異行方不明者の扱いとなり、すぐさま捜索を開始するが、この子たちは行方不明のままなのだ。古い案件は二十年も前で、年齢もバラバラなら、性別も、親の住所も様々だ。共通しているのはひとつだけ。

どの子も栃木県の牡鹿沼山周辺で消息を絶っていた。

「サーちゃんが留置場で被疑者を自死させちゃった事件だけどね――」

土井は指を伸ばしてファイルをめくり、行方不明者届の一枚を指した。

二十年前に五歳で行方不明になった少女のものだ。カラー写真だが顔色が悪く表情も暗い。着ているパーカーにはシミがあり、襟や袖《そで》がすり切れている。少女の名前は増田照美《ますだてるみ》で、家族と山菜採りをしているうちに行方知れずになったとある。

「見覚えは？」

と訊くので、失踪時の服装や状況、住所や家族構成などを注意深く読んでみたが、まったく知らない少女であった。

「……いいえ」

答えると土井は大きな目をしばたたきながら、

「この子はね……結婚して、名字が本堂になってるんだ」

ニッと笑った。

「えっ」

本堂照美は本堂結羽の妻だ。母子心中《おやこ》に見せかけるため救急車も呼んでもらえず命を落とした、正男くんの母親だ。清花は写真を見返してみたが、死亡時の変わり果てた姿と幼い少女のイメージが今さら重なるはずもない。

「いったいどういうことですか」

本堂結羽の事件には、さらに裏があるというのだろうか。それを捜査するために自分はここへ飛ばされた？

一瞬希望が湧いたが、遊び人みたいな風貌《ふうぼう》の土井とキャンピングカーを目にすれば、そんな都合のいい話ではないと思い直した。

「ご主人に殺された奥さんね、二十年前に行方不明になった女の子だったのよ。ご存じでしたか？」

「いいえ、まったく」

「……ですか。まあ、でしょうねえ」

土井はのんびりした調子で言った。

「ぼくも驚いたんですが、彼女が無事で、成人していて、しかも結婚して息子さんもいて、殺人事件の被害者になってしまったということは、今回の事件でわかったことです。照美さんは書類上、行方不明のままだったので」

行方不明者の捜索は概《おおむ》ね七年を目処《めど》に縮小される。警察から家族に問い合わせて、依然として行方不明の場合は捜索期間が延長されることもあるが、それも書類上のことだけだ。実際には家族と連絡が取れなくなったり、本人が見つかったにも拘《かか》わらず家族が報告をしなかったりで、本当に行方不明のままの場合もあれば、発見されている場合もある。

「うちの班は現在、この『神隠し事件』を追っています。幸いに、と言ってしまうのもアレですが、どういう偶然か、サーちゃんと因縁がありそうな事件になって、幸先がいいのか悪いのか……」

マグカップのコーヒーを飲み干すと、土井は指先だけの仕草で清花にファイルを閉じるように言う。

「ファイルは持って帰って頭に入れてきてください。記憶して、現場に持ってくるようなことはしないでね」

「え？……あ、はい」

わかりました、と清花は答えた。土井はコーヒーを飲んでしまえと仕草で示す。

「それと、さっきも言いましたけど、スーツで現場へ来ないでね。レジャーに行くような感じが望ましいです。スーツとキャンカーって、なんか変でしょ」

「それはそうですが」

「これ、潜入捜査班の基地ですからね？　ここがホームベースなんですよ。まあ、追々説明しますけど。それで、今日のところは家に帰っていただいて、準備してから臨場してください。出張の多い班で、今回の潜入先は栃木県の牡鹿沼山周辺です。山奥の村なので宿泊施設はないですが、ここに泊まることはできます。まあ、あれですか……三日に一度程度は自宅に戻ってもかまいませんよ」

「ちょっと待ってください。仰《おつしや》っている意味がわかりません」

土井はチッチと舌を鳴らして人差し指を左右に振った。

「会話もタメ口でお願いしますよ？　それと……臨場先をメールするので連絡先を教えてください。現場へは最寄り駅から村営バスが出ています。一時間に、行きが一本帰りが一本程度ですけど、村営のキャンプ場までバスが来ていますので」

必要なことだけ喋《しゃべ》ると、土井は清花を車から降ろし、

「それでは明日……あ、そうだそうだ、この季節は蜂が活発ですから、香水や整髪料など匂いのするものは付けないこと、虫除《むしよ》けスプレーは蜂に効果ないですからね」

ドアを閉めるとステップを上げて、車を発進させる準備を始めた。そして清花が見ている前でバスコンを運転して行ってしまった。

時刻はまだ午前八時半である。ケーオ、ケーオと頭上で鳴くカモメの声が、自分を嗤《わら》っているように清花には聞こえた。


よりにもよって山奥のキャンプ場とは。

新幹線やバスを乗り継いですでに三時間あまりになるが、土井が寄こした情報の場所はまだ遠く、最寄り駅に辿《たど》り着いてから村営バスを待って、バスに揺られて小一時

間近くも走るという山奥だった。都会に慣れた身には移動の時間が無駄に思える。長閑《のどか》にバスに揺られていては迅速な捜査ができるわけがない。こんな捜査が続くのならば、中古自動車を買ってカーナビを付けた方がマシだ。まだ暗いうちに家を出たのに、村営バスで牡鹿沼山キャンプ場へ向かう頃にはお昼を回ってしまっていた。

窓の外は右も左も森であり、木漏れ日がチラチラと目を射貫《いぬ》く。事件や捜査について考えるでもなく、ただバスに揺られて車窓を眺めていると、娘や夫や義母《はは》のことばかりが脳裏を過《よ》ぎって辛《つら》くなる。だから捜査のことを考えようと思うのに、グルグルと頭の中を巡るのは土井という男の変人ぶりだ。彼は今まで会った警察官の誰とも違う。ギラついたところが全くないし、仕事ができそうにも見えないし、本当に警察官なのかも怪しいものだ。デスクではなくキャンピングカーがホームベース？　そこに新任刑事を招くなんて、いったいどういう部署なのだろう。

「……はあ」

と、清花は溜息《ためいき》を吐いた。

自分は義母との軋轢《あつれき》を避けたくて仕事に逃げていたのかもしれない。でも、具体的にどうすればよかったのか、わからない。バスには乗客がほとんどおらず、善良そうな村の人たちが数人乗っているだけだ。ジャンパーにスニーカー、帽子を被《かぶ》ってリュックを背負った自分を、彼らは気楽な登山者と思うだろう。スーツに特殊警棒を携え、犯罪を追って街を闊歩《かっぽ》する刑事と中身が同じだとしても。

――おまえは気付いていないんだろ？　自分がどんな目つきになったか――

勉の言葉が思い出された。清花は車窓に自分を映したけれど、どんな目つきなのか、どこが変わったのか、わからなかった。自分だって勉と結婚を決めた頃の気持ちはすでにないけれど、愛情がなくなったと言われるほどのことをしたとは思えない。

「お客さん。村営キャンプ場に着きますよ」

のんびりとした声で運転手が教えてくれた。

草だらけの道端にバス停の標識柱だけが立つ場所で車は止まり、清花は運転手に礼を言ってバスを降りた。キャンプ場まで乗って来たのは清花一人きりだった。

降りるとすぐに水音が聞こえ、道路の下に沢が流れているのが見えた。下界より五度ほど気温が低く、折り重なる梢《こずえ》であたりは暗い。深い緑の匂いがした。

バス停の脇に『牡鹿沼山登山道・村営キャンプ場』と書かれた標柱があって、矢印は道路の下を指していた。そこに獣道のような小道があって、沢のほうへと向かっている。滑らないよう気を付けながら下って行くと砂利の広場と東屋《あずまや》があった。奥が開けて、山の斜面を段々に削った場所にテントを張れるよう整備されている。受付や管理棟らしきものはないが、公衆トイレと炊事場の向こうに砕石を敷いた駐車場があって、土井の車が駐《と》まっていた。

清花はひとつ溜息を吐き、地面を踏みしめながらそちらへ向かった。

これはどういう捜査なのか。地域潜入捜査班だから登山者の格好をさせられるのか、そもそも自分と土井以外のメンバーはどこにいて、どんな連中と仕事をするのか、何も知らされないことにイライラしてくる。なんて非効率的なんだろう。これが左遷組への虐《いじ》めだったら許さない。腹立ち紛れに大きな一歩を踏み出すと、とたんに滑って転びそうになった。

「これだから山は……」

ブツクサ言いながら慎重に歩き、駐車場に近づいて行くと、車の脇にキャンプ用の椅子を並べて土井が誰かと話をしていた。もちろん清花の知らない誰かで、コーヒーを飲みながら沢を見ているようだった。近づいて行きながら、タメ口を使えと言っていたなと思う。でも、相手が上官だったらどうしよう。清花は一瞬考えてから、明るい調子で「こんにちはー」と声をかけ、被っていた帽子を持ち上げた。

「やあ、来たね、サーちゃん」

土井はニコニコして立ち上がり、椅子にいる年配の男性にこう言った。

「彼女が姪《めい》の清花です」

はあ？と、思ったけれど黙っていると、土井は年配の男性を指しながら、

「こちらキャンプ場の管理人の阿久津《あくつ》さん。サーちゃんもお礼して」

「たいへんお世話になっています」

話を合わせてお辞儀をすると、阿久津という男はニコニコしながら、

「やあ、なに……特別なにしてやったってことでもねえべや。ここはほれ、シーズン以外は人も来ねえキャンプ場で、そうは言っても村が管理してるわけだから」

「ぼくがここに住み着いちゃうんじゃないかって、心配させてしまったんだよ」

「……あ……まあ、それは申し訳ありませんでした」

「ね？でもこうやって様子を見に来てくれる姪がいて」

「まあねえ、なーんもないのが目新しいと都会の人は思うべな。したら、コーヒーごちそうさんでした」

「はいよ、またね。炊事場の草刈りしておくからね」

「ありがとうございました」

清花が頭を下げているうちに、阿久津は駐車場に駐めてあった軽トラックに乗って帰って行った。コーヒーカップを片付けている土井に清花は訊《き》く。

「いつから私は土井さんの姪になったんですか」

「うん、それね。今からね」

カップを下げて草藪《くさやぶ》の中へ入っていったと思ったら、沢の水で洗っている。確かに水はきれいだが、炊事施設もきちんとあるのにどうして沢で洗うのか。

「向こうに洗い場がありますよ」

背中に言うと、

「あれね。蛇口から出るってだけで、同じ水だから」

と、土井は笑った。

「山奥で、水源は貯水池なんだよね。流れてるのも同じ水だし、集落の水も同じ水。飲める水が流れてるって凄《すご》いよな」

なに言ってるんだろうこの人は、と、清花は眉間《みけん》に縦皺《たてじわ》を刻んだ。

「水はともかく、どういう設定になってるんです？　きちんと説明してくれないと、いきなり勝手に話を振られても困ります」

「ちょっとここまで来てごらん」

土井が呼ぶので仕方なく沢まで下りると、彼はしゃがんで水面を見つめ、

「ほら、あそこ」

と、対岸を指さした。沢の水位は踝《くるぶし》くらいだが、場所によっては底がえぐれて水深があり、対岸あたりは暗い水が渦巻いている。草影に目を凝らしていると、ポチャンと何かが水面《みなも》を跳ねた。

「あ」

一瞬だけ銀色に腹が光って、次には背びれが水を押し上げるのが見えた。

「魚だ。あれって魚ですよね？ すごい」

「イワナかな、ヤマメかも」

と、土井は言う。

「それって食べられるんでしたっけ」

「川魚の高級魚だよ。きれいな水にしか棲《す》めないんだ」

改めて目を凝らすと川床を泳ぐ小魚が透けている。波形に空が映り込み、指先を入れるとあまりに冷たい。桃香に触らせてあげたら喜ぶだろう。そんなことを考えている自分に気がついて、清花はコホンと咳払《せきばら》いをした。

ここへは捜査で来たと言うのに、魚を見てうっかり喜んでしまったなんて！

「実はね……このお盆に日光市からキャンプに来ていた田中星ちゃんという女の子が、やっぱり失踪《しっそう》しているんだよ」

土井の言葉に姿勢を正した。

そのニュースなら知っている。

「あれってここだったんですか？」

のんびりと沢を見ながら土井は頷《うなず》く。

どこかで魚がまた跳ねた。午後の光が沢に降り、透明な翅《はね》を持つ小さい虫が水面を飛び交っているのに気がついた。魚はたぶん、あれを狙って跳ねるのだ。

「その子が神隠し事件の一番新しい被害者ということになるのかな」

清花は首をねじってキャンプ場を見渡した。開けた草原のキャンプ場とは違い、山肌を削って作られた場所は樹影が濃いし死角も多い。周囲に草も茂っているから、小さい子供は姿が隠れやすいとも言える。

「でも、ここはトイレと炊事場が隣接していて、遠くまで行かなきゃならない配置じゃないですね。子供がここへ来たとして、先《ま》ず川遊び、それから虫取り。行動としてはそんなところでしょうか。虫取りは移動しなくてもできそうです」

「そうだよね。だけど神隠し事件の被害者はこのあたりで消えているんだよ」

「牡鹿沼山っていうのがそれですね。どれがその山ですか？」

土井は答える。

「あっちから登山道が出ていてね。ちょっと、ここからだと見えないなあ」

「だから登山者の格好で来いと言ったんですね」

「うん？　それはちょっと違うかな」

洗ったカップの水を切り、

「散歩しようか」と、唐突に言う。

コーヒーカップと清花のリュックを車に置いて、土井と一緒にキャンプ場の周辺を散歩した。貸し切り状態のこともあり、車外に並べた椅子とテーブルはそのままだ。

村営キャンプ場は人気《ひとけ》がなくて寂しい場所だということ以外、怪しい雰囲気は特にない。逆にこんな場所で子供を拉致《らち》しようと思うなら土地勘のある人物以外は考えにくい。車道は一本で、防犯カメラはトイレと炊事場、バス停の向かいに設置してあるから、不審車があればカメラに映る。

「神隠し事件というからには、子供は忽然《こつぜん》と消えたってことですか？　理由もなく目撃者もいない？」

「うん……まあ、そうだね」

どことなく他人事《ひとごと》のように土井は言って、淋《さび》しそうにポツポツ話した。

「ところでさっきの『設定』だけどね。ぼくはしがない公務員。働き過ぎで不調になって、長期休暇を言い渡されて、家に居たら奥さんとケンカになって追い出されてしまったんだよ」

痩《や》せて猫背で貧相な土井には、いかにも似合いの設定だ。

「で、今は癒《い》やしの旅に出てるんだけど、時々身内が心配して様子を見に来てくれるんだ。たとえば姪のサーちゃんが」

「それが私ですね」

「そう。サーちゃんは大手企業で働いている独身のアラサー女子で」

「結婚していますけど」

「あくまでも設定だから」

振り返ってニタリと笑う。

「サーちゃんは兄貴の長女で、仕事で失敗して多大なストレスを抱えてる」

現実をネタにされたようで、清花は少しムッとした。当然のように土井は言う。

「現実に則《のっと》っているほうが演じやすいからね、あしからず。そこで優しい叔父《おじ》さんのぼくは、少しは都会を離れてゆっくりしたら？　と、あなたを誘う。あなたは有給休暇を消費しながらぼくの様子を見に行くという口実で、実は自分が癒やされに来る。

そしてここが気に入って、三日に上げず通って来るようになるわけだ。それだと頻繁に出入りしても怪しまれないでしょ」

「ちょっと待ってください。誰が怪しむんですか？……え、それってすでに犯人の目星が付いているってことですか」

思わず声を潜めると、土井は呆《あき》れたふうに笑った。

「そうじゃない。田舎を舐《な》めちゃいけないからだよ。それがこの仕事の難しいとこで、壁に耳あり障子に目ありって言葉を聞いたことない？……たとえば今日、サーちゃんが乗ってきた村営バスね？　運転手は村人を全部覚えているわけだから、集落の人以外がバスを使えば、あなたがここにいることも、帰りのバスに乗らなかったことも、集落中が知っていると思わなきゃダメだ」

清花はいやーな顔をした。

「それ、事件となにか関係あります？」

「ぼくらはよそ者だからねえ……強引に地取り鑑取りしようとしても、よそ者相手に話をすると思うかい？　正義や権威を笠《かさ》に着たって、いいことなんてひとつもないよ。そこをぼくらは勘違いするけど、こっちの人の身になったらさ、自分らに必要な時だけ正義ぶった顔でずけずけと入って来て、かき回してさ、用が済んだら知らん顔っていうのが警察なんだよ。そんなのに協力したいと思う？　サーちゃんならどう？」

「だから管理人とコーヒー飲んだりするわけですか」
「あー……まあ……そうねえ」
土井は眉尻《まゆじり》を下げて曖昧《あいまい》に言った。
キャンプ場の周囲は山だらけだ。一番近い集落からでも三キロ程度は離れていると
いうことで、管理人はいつも車で上がって来るという。大きなイベントや集団で使う
とき以外キャンプの申し込みは必要なく、料金も無料だ。ゴミは原則持ち帰りで、不
法投棄の場合は罰金を徴収する決まりになっており、防犯カメラはそのために設置さ
れたものだという。
「村を出てった人たちが家族を連れて遊びに来たり、村の人たちがバーベキューを楽
しんだり、ここはまあ、そういう場所らしいんだ」
「殺害された本堂照美の親も村の出身だったんですか？」
調書を持ち込むなと言われたので、神隠し事件の概要は頭に叩《たた》き込んできた。この
山で神隠しに遭ったという本堂照美も、ほかの子たちも、失踪時の住所はまちまちだ
ったが、親たちの出身地については記載がなかったから、親がこの村の出身だったの
かもしれない。土井は首を左右に振った。
「失踪した中に親が村出身だった子はいない。と、思う」

それではどうして子供らの親は、キャンプ場や山を知っていたのだろうか。

「ここは有名な場所ですか？　穴場のキャンプ場とか、山菜採りの宝庫とか」

「それも違う。ＳＮＳにも載っていないし、何時間かけてもやって来たいような場所でもないよね？」

確かに自然は豊かだが、無料以外のメリットはなさそうだ。栃木県にはキャンプ場が多くあり、中には無料の場所もある。車が通れる幅があるとはいえ、このキャンプ場を囲む道にはアスファルトも敷かれていなくて、山側と谷側に生える木が頭上を覆って薄暗い。木漏れ日が斜めに落ちてきて、道の先だけが光って見える。川遊びとバーベキュー程度ならともかく、こんなへんぴな場所で夜を過ごすのは心許《こころもと》ない。

「ただねえ……」

と、呟《つぶや》いた土井の声すら不気味に響く。

「星ちゃんがここへ来た経緯については、ちょっと気になることがあってね」

キョキョキョキョキョキョ！　と、声がして、森の梢《こずえ》が微《かす》かに揺れた。清花は驚き、警戒して足が止まった。林の中で何かが幹を駆け上がっている。リスだろうかと思ったら、鮮やかな赤が目に入ってきた。

「あれはアカゲラ。キツツキの一種で足が速いんだ。時季によって車のバックミラーを攻撃してくることもある。映っている自分の姿を敵のオスだと思うらしいよ」

鳥は幹の上部で動きを止めて、やがて裏側へ消えてしまった。

「鳥なのに飛ばないって手抜きですよね。ていうか、私、キツツキなんて初めて見ました」

感動した？　と土井は微笑み、真顔に戻って先を続けた。車にシェーバーを積んでいないのか、昨日より髭《ひげ》が濃くなっている。伸ばすか剃《そ》るかしない髭は、捜査本部に詰めっきりになった刑事たちを思い出させて好きじゃない。

「星ちゃんについては失踪《しっそう》後三週間近くが経過して、山中で生存している可能性が見込めなくなったから、捜索規模が縮小された。まあ、そのタイミングを見計らってここへ来たってわけなんだけど……その子がどうしてここへキャンプに来たかと言うと……」

「なぜですか？」

「参加したのは三家族。星ちゃんは一人っ子だけど、子供の数は全部で五人。年長の子が十二歳。一番小さい子が一歳で、星ちゃんは他の子たちと川で遊んでバーベキューを楽しんだ。失踪時、父親たちは酔っ払って昼寝中。子供たちは虫取りをしていた。星ちゃんは母親とトイレに行って、母親より先にトイレを出た。母親は娘が先にテントへ戻ったものと思ったが、そうではなかったので周囲を捜した。ほかの家族は星ちゃんが母親と一緒にいると思って安心していた」

「まあ……こんな環境ではあまり警戒しないですよね。不特定多数がいるお祭りとかイベント会場と違って、心配するのは水の事故程度だけれど、沢は浅いし、流れているのもキャンプ場の前ですし、こちら側は暗いので女の子が一人で遊びに来るとも思えませんが」

「そうだよね」

土井は曖昧な表情をして、

「このキャンプ場だけど、三家族の誰が見つけたと思う?」と、訊《き》いた。

「誰ですか」

それが問題なのかと思って訊くと、土井は足を止めて山を仰いだ。

「星ちゃんの母親なんだ。最初は日光の高規格キャンプ場を予約する話だったらしいけど、無料の穴場があると彼女が言って、それじゃあってことになったんだって」

清花は眉《まゆ》をひそめた。

「ここを薦めたのも母親で、トイレに連れ出したのも母親ですか」

「そういうことだね。あと……星ちゃんについては、児童相談所が何度か家を訪問していたことがわかってるんだよ」

「虐待が疑われていたってことですか？」

土井は答えず、道端に寄って行き、草むらに向かって両手を合わせた。その場所に小さなお地蔵さんが立っている。なぜ答えないのかと思ったが、

「班長は信心深いタイプですか？」

そっちがその気ならと訊《たず》ねると、土井は目を閉じたまま、

「……班長じゃないよ……叔父《おじ》さんね、『ヒトシ叔父ちゃん』でもいいかな」

「『ヒトシ叔父ちゃん』はいくつなんです？」

皮肉を込めて訊ねると、「五十二歳」と土井は答えた。

まあ、それならば自分の叔父でも齟齬《そご》はないのか。清花はこの奇妙な男とどんな捜査をすればいいのか考えながら、ポケットのケースからこっそり梅味とレモン味のグミを出し、口に入れてから地蔵に向かって合掌した。

第三章　神隠しの山

日が暮れると、土井は車の外に大きな明かりと小さな明かりを二つ点《とも》した。大きな明かりには見る間に虫が寄って来たので、彼はそれを少し離れた場所へ移すと、小さな明かりで調理を始めた。夕食は携帯用のガスバーナーで作るインスタントラーメンで、平たい鍋《なべ》で煮込んでから、清花の分だけを取っ手付きのアルミ食器に取り分けてくれた。沢の水音がBGMよろしく響いていて、草むらでは虫が鳴き、空には星が瞬いていた。桃香が生まれて以降インスタント食品や市販の菓子は敬遠してきたけれど、澄んだ空気の中で食べるラーメンは、きつい塩気も大げさな香りも五臓六腑《ごぞうろっぷ》に染み渡る美味《おい》しさだった。へべれけになった麺《めん》が喉《のど》を通って胃に流れ込むと、すぐに次の一口が欲しくなる。

「キノコや魚をとってもいいいんだけどね。今日はまだ初日だから」

土井のメガネがラーメンの湯気で曇っている。

「インスタント麺を食べるのって何年ぶりかしら。でも美味しい」

「そうなの？　日本が誇る最高の発明品だと思うけどなあ」

「美味しいのはわかるけど、子供がハマりそうで、あまり食べさせないようにしているんです。うちはおやつも義母《はは》の手作りで、ジャガイモ餅《もち》とか、薄焼きとか……」

家庭内のことを話しすぎていると気がついて、清花は土井をじっと見た。

「班長は」と言いかけて、「ヒトシ叔父ちゃんは」と、言い直す。

「この班へ来て長いんですか？」

「全然」

と、土井は答えた。

「できたばかりの班だしね。サーちゃんも知ってるように、古い事件の掘り起こしは都道府県警察の捜査一課の仕事ってことになっているけど、苦労が多くて実入りがないし、誰もやりたがらないわけで……警察庁にそれ用の部署を作って一任するのが現実的っていうわけだ」

「でも、コールドケースなんていくらでもありますよ？　所轄ごとに山ほどあるのに、たかが一班で網羅できるわけがないです」

ラーメンを啜《すす》りながら土井が言う。

「全部は無理だよ。でも、無理だからやらないというのは違うよね」

清花は黙った。早く食べないと麺がスープを吸っていくのに、土井は食べるのを止
めて清花を見つめる。

「結婚しているって言ったよね？　子供はいるの？　男の子？　女の子？」

「女の子です」

「かわいい？」

「それはもう……って、どういう意味で訊いてるんですか？」

「愛情として、だよ。かわいいんだね」

「当然じゃないですか。自分の子ですよ」

「うん」

と、土井は手元に目を落とす。

「そういう子を突然失った親たちがいるってことだ。時間が経って捜査が打ち切られ、
消息がわからないまま何十年も経っていく。死んでいるのか生きているのか……それ
ってどんな気持ちだろうね」

「考えたくもありません。もしもそれが娘だったら……」

「でも、本堂照美さんは生きて結婚して母親になっていたわけだ」

「そうなんですよね。親たちは知っていたんでしょうか」

「調べたら、父親は七年前に病死していた。七年前というと照美さんは十八で、そのとき彼女が生きていることを親たちが知っていたのかどうか確認しようと思ったんだけど、母親の行方もわからないんだよ。住民票は実家にあって、照美さんの祖父母に訊ねたら、孫が生きていたことも、娘の消息も知らないと言う。こう言っちゃなんだけど、照美さんの家はあまり上手《うま》くいっていなかったようなんだ。彼女は三人きょうだいの長女だけれど、弟は三歳で養子に出され、お兄ちゃんは中学校を出てから行方知れず。父親は飲んだくれのごくつぶしで、照美さんの母親が実家の援助を受けながら家計を支えていたらしい。実は、神隠し事件捜査の切っ掛けが本堂照美殺人事件でね。子供の失踪《しっそう》は世間の注目度が高いけど、事案としては多いから」

「同じ場所で失踪したこと以外、子供たちに共通する何かがあるんでしょうか……さっき、田中星ちゃんの家も児相が注目していたと仰《おっしゃ》ってましたよね？」

「口調……気を付けて」

「はい」

と清花は言ってから、首を傾げて考えた。

「そもそも本堂照美はいつ戻ってきて、どう暮らしていたんでしょうか？　本堂と結婚する前は」

「そっちのほうが調べているんじゃないの？」

「被疑者については調べましたが、被害者は……」

深く調べていないと思った。最初から夫が犯人だと疑っていたせいもある。

「本堂照美は専業主婦でした。DV夫が生活すべてをコントロールして、彼女と他者を一切接触させなかったんです。携帯電話も、個人名義の通帳さえも持っていませんでした。結婚前はモデルをしていたらしいんですが」

「モデルか――……モデルねえ」

と、土井は唸《うな》った。今後の捜査方針について話があるかと思っていたのに、ラーメンを食べ終えると土井は食器の片付けを清花に命じてキャンカーの中へ入っていった。

車内灯が点《つ》いて、土井が作業するのが見える。食器を洗って車に戻ると、土井は日本郵船歴史博物館隣の駐車場でコーヒーを飲ませてくれた応接部分をベッドの仕様に整えていた。タオルケット一枚をマットレスに置き、

「とりあえず、ここで寝て」と言う。

「土井さんはどうするんですか」

閉まっている扉に目をやって、

「奥にもベッドがあるんですね？」

訊《き》くと、土井は車のシェードを閉めるように言ってから、閉じた扉を開いて見せた。

そこにあったのは常設ベッドではなくて、無線機やモニターなどの各種通信設備だった。捜査用の特殊車両に積まれているのと遜色《そんしょく》がない最新式設備を目にして、清花は言葉を失った。

「ここがホームベースと言ったでしょ？　警察庁本部と連絡を取り合わなきゃならないし、かといって、こういうものを見られてしまっちゃ困るから」

土井は軽い調子で言うと、床に丸めてあった毛布を手にした。

「床で寝てもいいんだけど、管理人の阿久津さんは朝が早いから、とりあえずの様子見に今夜はオーニングの下で寝るよ。叔父《おじ》と姪《めい》と言ってもさ、ぼくが奥さんに追い出されたのが若い浮気相手のせいで、その子が山まで追いかけて来たと勘ぐられてもマズいしね」

そんなことありえない。土井は全然タイプじゃないし、と清花は心で思ったが、言っていることは理解できる。

土井は毛布を抱えて車を降りると、キャンプ用チェアに毛布を載せた。それから車体のどこかにグリップを差し込んでグルグルと回し始めた。車のサイドからオーニングが出て、日除《ひよ》けテントのように張り出していく。空からの夜露は防げそうだが、山の空気は湿っているし、外で寝るのは体に悪いんじゃないかと思う。

「夜中に熊とか来ませんか？」

「そのときは中へ逃げ込むよ」

土井は二つの椅子を向かい合わせにすると、その間に小さな台を置き、器用にベッドを作ってしまう。清花はドアの内側から、

「すみません」

と、小声で詫《わ》びた。


沢の水音か、それとも虫の声なのか、車内にいても様々な音が聞こえてくる。清花は自宅に電話して、夫から桃香に替わってもらった。清花のいない夜に慣れた娘は、電話に出るなり、

「ママ？　桃香です。こんばんは」

と、真面目くさって言う。外は暗いが時刻はまだ八時前だ。

「こんばんは。ちゃんとごはんを食べましたか？」

訊くと娘は「はい」と答えた。

「宿題は？」

「パパとした」

「お風呂《ふろ》は？」

「いまね、ばあばと入るとこ」

「そう。頭もきれいに洗うのよ」

「わかった。ママもがんばって悪い人をやっつけてくださいね」

自分が家にいないとき、義母《はは》や夫は清花の仕事をそのように伝えているのだろう。娘はいつも同じことを言う。悪い人をやっつけてくださいと。

「はい、わかりました。じゃあね、お電話、パパに替わってくれる？」

パパー、と娘の声がして、勉が電話に出て言った。

「じゃあな」

そして電話を切ってしまった。

今どこにいるのとか、新しい部署はどうなのとか、そういう話は一切しない。自分は桃香の母親だけれど、彼の妻ではなくなったのだ。同居人で、家族ではない。わかっていても暗い気持ちになった。仕事についての一切を頑《かたく》なに語らなかったのは自分のほうだ。それなのに、何も訊《たず》ねてこない夫を今さら責めたくなるなんて。

重大事件が起きて捜査本部に詰めているときは、次々に入ってくる情報を捌《さば》くことで精一杯だった。気がついて家に電話をすると桃香は寝てしまった後で、夫を思い遣《や》る余裕もなく、共通の話題はさらになかった。もっとなにかやりようがあったのかもしれないが、何もかも一杯一杯で余裕がなかった。でも、勉はいつもそんな自分を案じていたのだ。ありがとうとたった一言、どうして言えなかったのか。ごめんなさい、今は精一杯で余裕がないと彼に伝えていたならば……清花はもう一度時間を確かめ、こんな時間に眠れるわけがないと思った。車用のマットレスは硬く、つなぎ目部分が体に当たる。寝やすい姿勢と向きを何度も確かめ、背負ってきたリュックを枕に車内灯を消した。途端に外の音が響いて聞こえ、静けさが発する賑《にぎ》やかさを知る。見えるのは車の天井で、外気ではなく車の匂いがした。

本堂照美はこの山で、五歳の時に神隠しに遭った。成人して結婚し、DV夫から息子を守って殺された。山で消えた子供はわかっているだけでも数名。最後の子供が消えたのはこの夏だという。照美以外の子供は見つかっていないし、照美が生きていたことも警察は知らなかった。田中星ちゃんはどこへ消えたか。殺害されたのか、事故に遭ったのか、拉致《らち》監禁されて生きているのか、それとも子供が欲しい人が自分の子として育てているのか……そういう事例はあった気がする。では、どうしてこの山なのか。土井は何を調べているのか。

頭は次々と考えをつなぎ、いつしか清花は眠りについた。狭い車内で眠ったことを忘れるほどに、深く快適な睡眠だった。


小鳥の声で目が覚めた。腕を伸ばして桃香の体を探したときに、シートに手が触れて気がついた。山奥のキャンプ場で、車の中で寝たのだと。

起き上がって目をしばたたく。シェードの隙間に明かりが差して、すっかり聞き慣れた沢の水音がした。何が嬉《うれ》しいのか甲高い声で鳥が鳴く。シェードを開けるとキャンプ場が見え、オーニングの下に土井の姿はなかった。

「……え」

枕元に置いたスマホを取って時間を見ると、午前六時三十分だった。いつもより三十分も寝坊した。

タオルケットを畳んで車を降りると、トイレに寄ってから炊事場の水で顔を洗った。太陽が昇って木立を照らし、朝靄《あさもや》がカーテンのように光っている。オーニングの下にはキャンプ用チェアがあり、畳んだ毛布が置かれているが、土井はいない。沢まで下りてみたけれど、やっぱりいない。石の上で靴を脱ぎ、素足になって沢の水に足を浸すと、背中がゾクゾクするほど冷たい。魚影がないから魚はまだ寝ているのかもしれない。空気は澄んで森の匂いがし、風が髪を撫《な》でていく。草むらを蝶《ちょう》が飛び、頭上を小鳥の声が駆けていく。なんて長閑《のどか》なことだろう。

空を仰いで深呼吸した。ただの空気が美味《おい》しいと思ったのは初めてだ。清花は両腕に自分を抱いて、朝の光を全身に浴びた。

そうしていると車のエンジン音がした。慌てて靴を履いて駐車場に戻ると、阿久津の軽トラックがキャンプ場へ下りてくるところだった。土井火斗志の姪にならねばならぬ。清花は笑顔の練習をして、駐車場へ入る軽トラックを迎えに行った。

「あいやぁ、姪御《めいご》さんも早起きでねえか」

軽トラックは双方の窓が全開で、上機嫌の阿久津の隣に土井がちゃっかり乗っていた。二人を乗せた車は小石と土を踏みながら、駐車場の片隅に停車した。

「おはようございます」

近くへ行くと土井が先に助手席を降り、

「もっと寝てればよかったのに」

首に巻いた手ぬぐいでシャツを払いながら言う。今日は長袖《ながそで》長ズボンで、長靴まで履いている。尻《しり》ポケットに軍手がはみ出して、ズボンに草の実が付いていた。

「鳥の鳴き声で目が覚めちゃって……どこへ行ってきたんですか？」

訊《き》くと土井ではなくて阿久津が答えた。

「あんたの叔父さんは奇特な人で、ここへ来る途中で草取りしてるのめっけたもんで拾ってきたんだー」

「どこの草取りですか」

確か昨日も炊事場の草を取るとか言っていた気がする。土井はニコニコ笑いながら、

「ほら、向こうの道端にお地蔵さんがあったじゃない」と言う。

「草に埋もれてかわいそうだったから、早起きついでに草取りをね」

「あんなのをよく見つけたもんだ」

と、阿久津は言って、

「こないだなんか、役場の裏の笹藪《ささやぶ》が滅多やたらと出てきちゃうのを困っていると話したら、役場まで来て刈ってくれたんだよ」

清花は呆《あき》れて土井を見た。土井は、

「タダでここに居させてもらってるから。それに、誰とも話をしないっていうのも、なんか寂しい気がしてね」

キャンカーの脇にある収納ボックスを開けて長靴を履き替え、ポケットの軍手を片付けて阿久津に訊いた。

「コーヒー淹《い》れますが、一緒にどうです？」

「ありがてなあ。したら、ご馳走《ちそう》になってっか」

阿久津はそれを当てにしているようだった。

「俺はコーヒーなんて好きじゃなかったんだけど、一度叔父さんのをよばれたら、今まで飲んでたのはなんだったんじゃと思ってよ。今じゃこれが楽しみで」

そして、コーヒーが入るまでに施設の見回りをしてくると言って東屋《あずまや》のほうへ歩いて行った。土井はすましてて毛布を片付け、扉を開けてキャンカーの内部に風を入れた。ベッドにしてあった座席を外し、ソファとテーブルの仕様に戻す。清花もそれを見学し、次からは自分で作業できるように手順を覚えた。片付けが済むと土井は棚からコーヒーミルと豆を出し、清花に豆を挽《ひ》くよう言った。そして自分はヤカンを持って、手を洗って水を汲《く》むために炊事場のほうへ歩いて行った。

丸缶にダイヤルがついた形のコーヒーミルを、清花は膝《ひざ》の上で挽く。ガリガリと豆の手応《てごた》えがあって、コーヒーの香りが立ち上る。コーヒーなんて買って飲むものとばかり思っていたのに、豆が挽かれる手応えと素晴らしい香りは、飲み物を味わう以前の高揚感をもたらす。屋外で風に吹かれながら挽くコーヒーが不味《まず》いはずはない。

土井はヤカンに水を汲んで戻ってくると、キャンプ用の携帯バーナーにかけ、湯が沸くまでの間に車へ戻って、黒くて硬いライ麦パンとハチミツを持ってきた。清花が挽いた豆をフィルターに入れ、軽く表面を均《なら》してから、パンとナイフを清花に渡す。

「そっちにクマザサが生えてるから、よさそうなのを取ってきて、洗って拭《ふ》いてお皿の代わりに。パンは四ミリぐらいの薄さに切って」

五ミリではなく四ミリと言うあたりに土井の性格を感じてしまう。沸騰したお湯を少しだけ冷まし、豆の粉を湯で蒸らす。落ち着くのを待ってから細くお湯を注いでいくと、細かい泡を立てながらコーヒー豆がスフレのように膨らんだ。清花はパンを切る手を止めてそれに見とれた。ただのコーヒーをこんなふうに落とすんだ。時間をかけて、香りや膨らみを楽しみながら淹れるんだ。それは清花の人生にはなかったことだし、そんな贅沢《ぜいたく》をする心の余裕はどこにもなかった。

「おお……いい匂いだなや」

阿久津がそばを通り過ぎ、軽トラックの荷台から空の一斗缶を下ろして来ると、そこに座った。清花は自分が椅子を取ってしまったことに気がついた。

「管理人さん、ごめんなさい。私がそっちに座りますから」そう言うと、

「こんなところにケツ下ろしたら汚れちまうから、そっちにいなよ」と、彼は笑った。

「俺は作業着だからいいんだよ」

そして泡を立てて膨らむコーヒー粉の変化を見守った。コーヒーを落とし終わると、土井はスタッキングできるマグカップを湯で温めて、均等に三杯のコーヒーを注いだ。

ビールジョッキのように乾杯をする。山で飲むコーヒーは体中の澱《おり》を洗い流していくようだ。薄く切ったライ麦パンは固化したハチミツを塗って食べる。硬いパンは噛《か》むほどに穀物の味がして、それをハチミツの甘さが包み込む。口の中の水分をかっさらっていく感じをコーヒーが中和して、これほどの相性はないとさえ思えた。

「私、初めてライ麦パンを美味しいって思ったかも」

素直な感想が口をついて出た。

「古いパンでも、こうやって食べるとうんめえな」

阿久津が言うので笑ってしまった。古いから硬いわけではなくて、もともとこういうパンなのだ。小鳥はまだ鳴いている。ミーンミーンと蟬の声がして、沢のどこかで魚が跳ねた。わずかの間に朝靄《あさもや》は消え、下草の露がダイヤモンドのように光り始めた。

「炊事場まわりは今日やっておくけどさ、ほかにもなにか手伝うことあるかい？」

土井が阿久津に訊《たず》ねると、阿久津は曖昧《あいまい》な笑い方をして、

「あんた、いっそのこと村へ越して来ちゃどうだ」と、言った。

「空いてる家だってあるんだよ？　放っておくと生き物が住み着いちゃうからさ、どうするもんかと思ってね」

土井は、「それもいいかな」と言いながら、阿久津に隠れて目配せをした。

清花はパンを呑《の》み込んで、

「それはダメ、叔母《おば》さんが泣いちゃうし」

と、調子を合わせた。

「あれで叔父ちゃんのことが心配なのよ？　旅はいいけど永住はダメ」

「姪《めい》っ子がダメだって」

土井は阿久津に苦笑した。

「ま。夫婦喧嘩《げんか》は犬も食わねえってな。だけど土井さんなら、おっかあに追い出されるたびここへ来てもらってかまわねえよ」

「ここはいい村だしねえ。草取りも藪刈りも、もともと嫌いじゃないからさ」

「いっそ秋祭りまでいてくれればなあ。村も年寄りばっかになっちゃって、祭りの準備も大変だからさ」

そう言うと阿久津は「がはは」と笑った。

「秋祭りがあるんですか？」

清花が訊くと、

「どこの村にもあるっぺや」

阿久津は両目をシバシバさせた。

「都会の人はやらねえのかあ？　こっちじゃ集落の入口にでっかい幟《のぼり》を何本も立てるんだけど、あれが重くてこわくてな。祭りのときだけ若い衆が戻って立てていたんだけども、それもだんだん……まあさ、若手の俺がこんな歳なんだから、土井さんなんて村で言ったら若者だからね」

「過疎化で祭りができない村もあるって聞きますもんね」

同情したように土井は言い、

「お世話になっているから、そのときまだここにいたなら手伝いますよ。部下に祭り好きな若いのがいるから呼んだっていいし、サーちゃんもいるしね」

などと安請け合いする。

「私はヒトシ叔父ちゃんほど暇人じゃないわよ」

「まあまあ仲良くやっとくれ」

阿久津はコーヒーを飲み終えると一斗缶を下げてトラックのほうへ戻って行った。

「これが捜査なんですか？」

阿久津のトラックが見えなくなるまで待ってから、眉《まゆ》をひそめて清花が訊《き》くと、

「なんで？　立派な捜査じゃない」

と、土井は答える。空いたカップを片付けて、収納ボックスから軍手を出すと、一セットを清花に渡した。

「なんですか」

「だから炊事場の草取りね。ここにいてもヒマなだけでしょ」

「えーっ」

情けない声を上げながらも、清花は炊事場へ移動した。自分は刑事のはずなのに、どうして草取りをしなきゃならないのだろう。

日が昇るにつれ蟬の鳴き声が賑《にぎ》やかになって、ミーンミーンという妙なリズムが耳につき、もはやアカペラで歌えそうだ。屈《かが》んで草を取る作業は腰にきて、腰骨と肉がボンドで貼り付いたように痛む。草なんか、むしってもまた生えてくるのにと土井を見ると、物凄《ものすご》く丁寧に抜いている。自分が抜いた場所と比べると沸々と対抗心が湧いてきて、腕まくりをしてやり直しているうち夢中になった。一心不乱に草と格闘する

のは思いのほかストレスの発散になって、いつしか時間が経っていく。

「うわあ……もう無理……」

東屋《あずまや》の床に打たれたコンクリートの上で大の字になってから、腕のかゆさに飛び起きて、ブツクサ文句をいいながらヤブ蚊に刺された箇所に薬を塗っていると、再び阿久津が軽トラックでやって来た。駐車場に車を停めるのを眺めていると、助手席から小さいお婆さんが風呂敷包《ふろしきづつ》みを抱えて降りた。

「いるかーい？　土井さーん」阿久津の声に、

「いるよー」と土井が返事をする。

阿久津らは炊事場まで来ると、積み上げられた草を見た。

「ああ、こりゃ、はかいったなあ」

小さいお婆さんはニコニコしている。

「悪かったねえ。『こじはん』こさえてきたから一緒にどう？」

清花のお腹がググゥと鳴った。

お婆さんは阿久津の母親で、草取りをねぎらうために来たのだという。『こじはん』はおやつを意味する土地の言葉で、風呂敷包みには、握り飯にニラ煎餅《せんべい》、漬物と煮物が入っていた。麦茶はヤカンごと運ばれて、清花たちは東屋の床に直接座り、四人で一緒に昼食を摂《と》った。丸麦を煮出したという麦茶は甘みと香ばしさがある絶品で、清花がインスタントで用意するものとは透明度からして違う。味を褒めるとお婆さんは、

「やーだね都会の人は。おら、麦茶で褒められたことなんかねえもんよ」

照れたように顔を赤くした。八十歳を過ぎても元気な母に家のことはすべて任せていると阿久津が言うので、清花は勉の母を思った。彼女も美味《おい》しい料理を作る。そして桃香のことを考えてくれる。自分は彼女に家を任せて、だから外で働けたのだ。それなのに、家事を完璧《かんぺき》にこなす彼女に引け目を感じるばかりで、感謝していたのだろうか。誰も自分と義母《はは》を比べたりはしなかったのに、家事を彼女に任せることが互いのためだと勝手に決めて、自己嫌悪を正当化していたのではなかったか。

「こんな田舎料理でも口に合うかい」

阿久津が訊いたので、

「メチャクチャおいしいです」と、素直に答えた。

「こっぱずかしなあ。街の人はうまいもんばっか食べてんでしょうに」

「でも本当においしいです。お米はお米の味がするし、野菜は野菜の味がする」

「そりゃ普通のことだっぺ」

お婆さんはとても素敵な顔をして笑う。大葉と青唐辛子をキュウリに射込んだたまり漬けをパリポリ言わせて、土井がさりげなく訊いた。

「そういえば、行方不明の女の子って、もう見つかったんでしたっけ」

清花は表情を読まれないよう腕を伸ばして握り飯のおかわりをした。

「うんにゃ、まだだな」

ニラ煎餅を食べながら阿久津が言う。すると横からお婆さんが、

「この山でいなくなった子は見つからね」

と、静かに言った。

「どうしてですか？」

思わず訊《たず》ねてしまったけれど、刑事でなくとも気になる話題だ。獣が多いとか、藪《やぶ》が深くて捜索できないとか、磁場の狂った場所があるとかだろうか。

「ここはほれ、神隠しの山だから」

お婆さんはすました顔だ。気負いもてらいもない口調に清花はむしろゾッとする。

「神隠しの山って？」

今度は阿久津が普通の顔で、

「理由もないのに人が突然消えるのを、昔は神隠しって呼んだんだ。しばらくしてか

らフッと戻ってくることもあるし、そのままのこともある。天狗《てんぐ》がさらったとか、神様にとらまったとか」

「誘拐されたとかではなくて？」

とぼけた口調で土井が問うと、

「土井さん、そりゃねえと思うわ。こんな山奥で誘拐なんて、あり得ねえべ？」

と、阿久津は笑う。

「だいたいよ、人がほとんど来ねえんだからよ」

村の寂れ具合からしてその通りだが、実際に事件は起きた。清花は失踪《しっそう》事件に言及した土井の思惑を測りかね、麦茶を飲みながら話の行方を探っていた。

「そうかー、たしかにそうだね。人さらいする気なら、もっと子供の多い場所を狙うだろうし……でも、神隠しの山っていうのは面白いなあ」

「おとぎ話っぽいよね」

と、相槌《あいづち》を打つと、お婆さんが「へっへ」と笑った。

「まーあ、おとぎ話だな。ヤマヒトさんがしなさることは」

「なんです？　ヤマヒトサン？」

と、土井が訊く。

「うちの神社の神様だっぺ」

そう言うと、阿久津はおもむろにあぐらをかいて、前後に体を揺らし始めた。

「山ん中の村ならどこにでもある話だべよ」

「どんな話なんですか？」

清花も訊ねた。

「ヤマヒト様っちゅうのは山神さんのことで、ここらへんでは親しみを込めてヤマヒトさんって呼ぶんだよ。山姥《やまんば》つったほうが知ってるかもしんねえが、おらが村では山姥は怖い神さんじゃなくて、子供の守り神さんだ。『ととっ毛』って知ってるか？　知らねえか」

土井は知っているのだろうかと清花は彼の顔を見たが、土井も首を傾げている。お婆さんが教えてくれた。

「おらの頃にはもう、そんな頭した子もいなかったけど、昔の子はほれ、すっぽんぽんに腹掛けをして、毛を剃《そ》り上げて天辺《てっぺん》だけ長くして、尻尾《しっぽ》みたいに結わえてさ」

「中国の子供みたいな？」

「まあそうだな」

と、阿久津が呟《つぶや》く。

「髪の毛が長いとノミやシラミが湧くんだよ。昔だからね、剃り上げた方がまあ、衛生的だったってことだべ」

清花は大きく頷《うなず》いた。シラミ症は現在でも保育園などで発生する。薬剤に耐性を持つアタマジラミが出てきたからで、昔のように不衛生が原因ではないところに虫という生物のしぶとさを感じる。

「その尻尾みたいのを『ととっ毛』って言って、川や崖《がけ》へ落っこちそうになったとき、ヤマヒトさんがそれを掴《つか》んで引っ張って、助けてくれんだべ」

「なーるーほーどー。一種のお呪《まじな》いみたいなものですか」

土井は十年悩んだ難問が解けたときのような笑い方をする。

「山姥って、旅人を家に泊まらせて、夜中に包丁を研いでいる怖いお婆さんかと思っていたわ」

「ま、そういう話もあらぁな。山に棲《す》む人がいた頃にはさ、いい山姥も悪い山姥もいたと思うが、おらが村ではヤマヒト様と呼んでお祀《まつ》りしてんだ」

「興味深いなあ。その神社はどこにあるんです？」

「下の村だべ。で、御神殿《ごしんでん》が――」

と、阿久津は言った。

「――土井さんが草取りしてたお地蔵さんがあったろが？」

「ああ、はい」

息子に続いてお婆さんが言う。

「そのあたりに昔、ヤマヒトさんがおったって話でさ」

「あのお地蔵さんがヤマヒト様ですか」

「や、そりゃちがう。あれはなんの地蔵かわからねえども、昔はあったよ？　あっちこっちに色んな神さんが」

「山だからなあ」

と、阿久津も笑う。

「でも……」と、清花は首を傾げた。

「それがどうして神隠しなんですか？　子供を守る神様なのに、子供を連れて行くんですか？」

「そりゃよう、おめえ……相手は神さんだからなあ」

お婆さんは微笑んで言う。

「おれら『人』とは違うもん……好き勝手に連れてくこともありゃ、返してくれることもある。神さんには神さんの事情があるんだっぺや」

「ヤマヒトさんはさ、可哀想な子を見ると連れて行くって言われてんだよ。ここじゃ、前にも何人か、神隠しに遭っているんだー」

清花は二人に見えないように、コッソリ土井と視線を交わした。

「育てられない子供をヤマヒトさんに預ける話は、昔から言い伝えがあってさ。おらたちだって親から聞かされたもんだよ。これだって」

お婆さんはそう言うと阿久津を指さし、

「子供んときはごーたくれのゴタ坊主で、いじゃけてな、おらは何度もヤマヒトさんに預かってもらおうと思ったが、今んなったらやらんでよかった」

「なーにが、俺だけがゴタだったわけじゃねえっぺ」

母子《おやこ》は一緒に笑っている。

長閑《のどか》な感じで食事は終わり、阿久津と母親は取り終えた草の山をトラックに積んで帰って行った。草は家畜に食べさせて、糞《ふん》が肥料になるのだという。

二人だけになると、清花は言った。

「おにぎり、おいしかったですね」

「あれ本気で褒めたんだ？」

「もちろんです。お世辞なんか言いません」

「まあ、そうだよねえ」

そのニタニタ笑いはどういう意味か。大人ならお世辞くらいは言えた方がいいのだろうけど、真実の追求が使命の刑事に、お世辞なんか必要ないとも思ってしまう。

「失踪事件が起きているのに、ここの人たちは神様のせいにして納得がいくんでしょうか。だから見つからないとか、ありますかねえ」

「だから見つからないって、どういうこと？」

「どうせ見つからないと思っているから、捜索に身が入らないという意味です」

「うーん……それはないと思うなあ」

土井は俯《うつむ》いて首の後ろを掻《か》いている。東屋《あずまや》の周囲に木漏れ日が落ちて、地面ではアリがせっせと虫の死骸《しがい》を運んでいく。

「捜索の陣頭指揮は栃木県警が執ってるわけだし、村の人たちは、どちらかというと協力者の立場だからね」

「……ですよねえ」

結局は村の伝承を聞かされただけかと考えていると、

「でも、興味深い話だったね」

と、土井が言う。顔を上げると土井は真剣な表情で、

「阿久津さんが言ってたじゃないか。ヤマヒト様は可哀想な子を連れて行くって」

「それがなにか」

「調書だよ」

清花は調書を思い返した。

「本堂照美さんや田中星ちゃんのことを言ってるんですか？　虐待の可能性があるという部分を」

そして考えてみた。

「失踪《しっそう》した子の共通点に、場所だけじゃなく家庭環境があったとでも？」

「調べる価値はあるなあ。そう思わない？」

土井はキャンカーのほうへ行きかけて、何を思ったか振り返り、

「草取りで汗かいたから、風呂《ふろ》へ行きたいでしょ」

と、訊《き》いてくる。

「はい。ぜひ」

「うん。じゃ、あとで村の温泉へ行こう。人が集まる夕方がいい。夕方って言うか、ここの人たちは午後三時過ぎには風呂へ行くから、その時間が一番混んでいるんだよ」

「わざわざ混んだ時間を狙うんですか」

訊くと土井は呆《あき》れ顔で、

「あなたね」と言った。

「何しに来てるか考えないとね」

つまりは公衆浴場で情報を拾えと言っているのだ。

「村の人が犯人を知っていると思うんですね」

両方の眉《まゆ》をハの字にして、土井はチチチと指を振る。

「だから、性急に結論を求めちゃダメだと言ったでしょ？　現段階でわかっているのは何もわからないということだけで、ぼくらはそれを知るためにこうしてここにいるわけだから」

そしてキャンカーのほうへ行ってしまった。

清花は腰に手を当てて、土井の背中を見送った。『知るためにここにいる』と言うけれど、聞き込みをするわけでも痕跡《こんせき》を探すわけでもなく、土井がしていることといったら、散歩して、草取りをして、昼食をご馳走《ちそう》になったことだけではないか。コーヒーを淹《い》れて星を見て、朝になったら沢を眺めて……それで警察官が務まるのならこれほど楽なことはない。けれどもそれで事件を解決できるのか。私は家を留守にして、こんな山奥まで来ているというのに。

「もう……なんなのかなあ、あの人は」

腕組みをして吐き捨てて、清花は炊事場の流し台を見た。汚れが気になってゴシゴシ洗う。ステンレスがピカピカになるとそれだけで気が済んで、土井のいるキャンカーへ戻って行った。リア部分のドアを開けると、音に気付いた土井が室内ドアの隙間に顔を覗《のぞ》かせて清花を呼んだ。積載しているシステムを使ってどこかと連絡を取り合っていたらしい。マットに靴を脱いで車内に上がり、自分の体で隙間を目隠しするようにして、清花は機器が積まれたブースを覗いた。

何度見ても惚《ほ》れ惚《ぼ》れする光景だ。こうした特殊車両で現場へ向かうときは緊張と高揚を同時に感じる。自分が特殊任務に就ける立場で、成果を挙げれば評価につながると思うからかもしれない。

一番大きなモニターに中年女性が映っていた。機器に囲まれた部屋でこちらを見ている。部屋の様子はごっついが、ピンク色のセーターというゆるい服装が印象的だ。

「サーちゃん、ちょっと顔をこっちへ向けて。レンズがあるの、ここだから」

言われるままに上体を傾けると、モニターの女性が微笑んだ。

「初めまして。特捜地域潜入班後方支援室通信官の万羽《まんば》福子《ふくこ》です」

その女性は土井より少し若く見え、肩までのストレートヘアを額で二つに分けていた。福々しい丸顔で眉が短く、両目がハの字に垂れている。団子屋やお茶屋の店先で座布団に座って首を振る人形を見ることがあるけれど、彼女はあれにそっくりだ。名前はたしか、『お福さん』とか『おかめ』とか。

「サーちゃん」

と土井に言われて、清花はおもむろに姿勢を正した。

「木下清花警部補です。どうぞよろしくお願いします」

頭を下げると万羽福子はふっくら笑った。

「それじゃ土井さん。追って連絡しますから」

モニターがオフになる。

「子供たちの家庭については本部で調べてもらうから」

土井はそう言って席を立ち、機器室のさらに奥にある扉を開けた。腰高から上に板が敷かれてシュラフが一つ置いてあり、痩身《そうしん》の土井が這《は》い込んで寝られる程度のスペース以外はすべてが棚になっていた。乾物に洗剤、米に鍋《なべ》、おおよそ一通りの生活用具がきれいに詰め込まれている中から、土井は下着とタオルを出している。

「ここで何年生活してるんですか」

目を丸くして清花が問うと、

「この班は始まったばかりと言ったでしょ」

風呂へ行く準備を整えながら、外に出てきて通信部分のドアを閉めた。

「じゃあ、ドアの落書きもカムフラージュですか？」

「や。キャンカー生活自体は長いんだけど。これを買った頃からだから」

「この車は平成十二年式と言ってましたね。ていうか、え？　これってやっぱり班長の私物だったんですか」

隠し部屋を見る前ならばいざ知らず、凄《すご》い装備が搭載されていると知ったからには、個人所有などあり得ないと思っていた。

「半分だけね」

運転席の後ろにあるソファに掛けて土井は言う。

「奥さんがいたんだよ」

そして窓の外を見た。車はキャンプ場の駐車場に駐めてあり、車高もあるので流れる沢がよく見える。きれいな色の鳥が来て、水場で狩りをしているところだ。

「死んだんだ」

土井は単文を三つ重ねた。

「返町から聞いたかもしれないけど、ぼくはバリバリのキャリアでね、でも、ちょっと変わったキャリアと言うか……部下と一緒に現場に入って指揮することが正しいと思っていたから……それで上手《うま》くいく部分もあったけど、そうじゃない部分もあって……それがさ」

と、土井はさみしげに笑う。

「上官には煙たがられ、部下には変人扱いされて、でも自分はいい気なものでね、間違っていないと思っていたから。だけど……奥さんが病気になったんだよね」

清花は向かいの席に座った。黙って土井の話を聞く。

「前からときどき背中が痛いと言っていたんだ。でも子育ての真っ最中だったから、腰痛程度に思ったようで、ぼくも病院へ行けとは言ったけど、その間子供をどうするかとか、具体的な提案はしなかった。そこをきちんとしてあげないと、病院へ行く時間も取れないのにね」

土井はさみしげに苦笑する。

「癌とかだったんですか?」

「ん。わかったときは手遅れで、余命二ヶ月と言われてさ。息子は五歳、娘は三歳」

お気の毒ですと、口の中だけで清花は言った。自分だったら桃香を置いて逝《い》くなんて考えられない。土井は顔を上げてニコリと笑った。

「だからすぐさまマンションを売って、これを買った。五年落ちの中古車だったけど、中古車はすぐに納車してもらえる。キャンカーは、新車だと半年以上待ったりするんだよ。で、無理矢理長期休暇を取って、家族みんなで旅をした……ひと月半」

土井の大きな瞳《ひとみ》は時々潤んだように見える。彼は無精ひげを歪《ゆが》めて笑った。

「やー……あれはホントによかったよ？　妻は少し元気になって、このまま治るんじゃないかと思ったりした。薬をたくさん飲みながら、体がしんどくなると後ろのベッドで横になったまま子供たちとたくさん話した。歌も歌った。家族みんなで。最期は病院へ向かう高速道路で、子供たちと歌ってた声が聞こえなくなってさ……サービスエリアに救急車を呼んで、病院で死亡確認を受けたんだ」

清花はなんだか泣きそうになった。土井は続ける。

「そのとき思ったんだよね。ぼくはずっと事件を追いかけて、被害者に同情したり犯人に怒ったり……それなのに、家族との時間は一度も顧みなかった。なんというか、家庭や家族はずっとそのままあるものだとばかり、そんなふうに信じていたところがあって……病人と子供を連れて旅に出たのが強引な独りよがりだったとしても、ぼくとしてはやってよかった。そしたらさ、事件に直面するたび思っていたことを、深く考えちゃってねえ」

「警察はなぜ、事件が起きてからでないと捜査できないのか」

それは清花も同じ想いだ。おそらく心ある刑事のほとんどが、そのジレンマに悩まされているはずだ。

「家族で過ごしたひと月半は、妻の寿命と体調と追いかけっこみたいな感じだったけど、濃厚で幸せな時間だったんだ。そして被害者や遺族が突然奪われたものを思った。普通なら家族の誰かが死ぬ場合でも、残された時間をどう使うかの選択肢があっていいはずだろ？　だけど犯罪はそれがない。ぼくらはむしろそっちを守るべきじゃないかとね」

「なんですか？」

清花は土井と目が合った。ヘラヘラしてナヨナヨして見える土井の瞳は、真っ向から見つめ合うと奥深いところに光を感じる。

「マジックペンの落書きはうちの子が書いた。行った場所を忘れないようにね。奥さんを茶毘《だび》に付してから、遺骨と旅して都内へ戻った。でも、家は売っちゃったから

──」

土井は小さく笑ってから、

「──ぼくはキャリアを捨てて閑職に異動。官舎に入って子育てをした。今は息子が

二十二歳、娘は二十歳。どちらも無事に巣立ったからこそ、彼女が死んだ時に思ったことを実践できる。成果も評価も期待もゼロの地域潜入捜査班。それは願ってもないことだ。本部はね、最新鋭の特殊車両を用意すると言ったんだ。でも断った。あんなのは、お偉いさんがメディアを呼んで、セレモニーの様子を宣伝するためにある。目立つ車で潜入なんて、できないだろ？」

「たしかに」

と、清花は頷《うなず》いた。

「だから五分の一の予算でこの車をいじってもらった」

「女房に追い出された親父が乗るのにピッタリですもんね」

「言うねえ」

と、土井は頭を掻《か》いた。

なんて情けなさそうに笑うのだろう。みすぼらしくて、弱々しくて、思わず手を差し伸べたくなる。これがこの人の武器なんだ。

「万羽さんに行方不明児童の家庭事情を調べてくれと頼んだから、情報が入れば連絡が来るよ。サーちゃん、機器の使い方は？」

「大丈夫だと思います」

「じゃ、とりあえず温泉に行こうか。オーニングを閉じて椅子をしまって、ステップを上げたらロックして、助手席に乗って出発だ」

「わかりました」

片付けと出発準備のために車を降りるとき、清花は入口の落書きにそっと触れてみた。土井が経験した悲しみと幸福が手のひらに染みてくるようだった。

車は静かに駐車場を出る。無数の蟬が空気を震わせ、山全体が鳴くようだ。キャンカーはやがて坂道を回り込み、村へ向かうためにバスが来た道を戻り始めた。

しばらく行くと、道端に昨日の地蔵が立っていた。早朝に土井が草取りをしただけあって、周囲が祭壇のように開けている。

「家庭環境に共通点があったとして、土井さ……ヒトシ叔父《おじ》ちゃんは、失踪《しっそう》とどう関係すると思うんですか？」

通り過ぎるときによく見たが、地蔵は彫りが稚拙でかなり古そうだった。

「そうだなあ……」

と、土井は曖昧《あいまい》に首を傾げる。

「神様が預かってくれるなんて話を信じて、子供を置きにくる親がいるってことかしら。それとも伝承は関係なく……」

ただの子捨てか、殺人の可能性もあるのではないか。

田中星ちゃんの失踪には母親が関わっているのかもしれない。ここへ来るよう薦めたのは母親だし、失踪直前に一緒にトイレへ行っている。娘が失踪したことをすぐ父親に知らせなかったのもおかしい。

本堂照美の事件が脳裏に浮かんだ。夫の結羽は家庭内では暴君だったが、隣接する家の人々以外は本堂家の闇を知らなかった。夫は職場での評価が高かったし、対外的には快活で面倒見がよく、美しい妻と賢い息子を持つ幸せな家庭の主人であった。彼はしばしば自宅に部下を招いてホームパーティーを催したが、照美は美人で料理上手で完璧《かんぺき》な妻を演じた。夫の暴力を恐れる故に演技を強いられていたなんて、客たちは誰も気付かなかったのだ。

「田中星ちゃんの家庭は児相に通報されたことがあったんですよね？」

「そう聞いてるよ」

「もしかしたら、母親は夫に責められるのが怖くて、娘の失踪をすぐに報告できなかったのかしら」

「ああ……なるほど」

「それか、子供を連れ出してどうにかしたから、すぐに騒がなかったのかもしれない。

両親ともに子供を虐待していたんでしょうか」

「その可能性もあるね。大抵はどちらかが暴力的で、片方は子供を庇《かば》うことで暴力がさらにエスカレートするのを恐れて、次第に手が出せなくなっていく。穏便に済ませることを優先してしまう」

穏便に済ませることを優先してしまう。その言葉がチクリと胸を刺す。

「でも、自分の子ですよ？」

「恐怖は心を疲弊させる……考える力も生きる気力も奪ってしまう」

そんな親たちが虐待とネグレクトで子供を死なせるんじゃないか。そう考えたとき、ハッとした。

「夫婦の不仲の原因が子供だったらどうでしょう？　たとえば子供の教育や子供自身の問題が家庭に不和をもたらしていると親が考えていた場合、子供さえいなければと、そんなふうに考える親がいたとしたら、子供が邪魔になりませんか？」

「子捨ての構造か――……たしかに現代っぽい動機ではあるね」

「親が遊んでいる間、子供を車に残して熱中症で死なせたり、子供を置いて家を空け、飢え死にさせたなんて事件もあります。早婚で未熟な両親に限らず、中年夫婦が末っ子を死なせてしまった事例も」

「うん」

と、土井は頷いて、

「その場合には疑問がふたつ」

と、清花を見た。

「ひとつ。どうしてこんな山奥まで子供を捨てに来たと思う?」

「伝承のせいじゃないですか?　どこで話を聞いたか知らないけれど、捨てたのではなく、山の神に預けたと思い込むことで罪悪感を軽減した」

「なるほど、ではふたつ。その場合、捨てられた子供は騒がないかな?　少なくとも数時間以内に県警と村の人たちが周辺の捜索を始めているのに、子供は出てこなかった。あの山は暗いよね?　それに道らしい道だってない。子供は泣くか、大声で親を呼ばないだろうか」

「そうですね……そうなると、子供をけっこう遠くまで連れて行って置いてこなければなりません。少なくともキャンプ場に声が届かないくらいのところまで。もしくは寝ている子供を……でも、それだと変ですね。キャンプ場の防犯カメラには星ちゃんが一人で遊歩道のほうへ向かう姿が映っていたわけですから……うーん……ただ、子供は大人が思う以上に距離を歩くことがあるといいます。怖いからじっとしていられず、夜も寝ないで歩き続けて、暗さで崖《がけ》から落ちたりも……」

　想像すると痛ましい。それはどんなに心細くて、どんなに怖くて、お腹が空《す》いて、寒くて痛くて悲しいことだろう。

「本堂照美さんが生きていれば失踪当時の話を聞けたのに」

　清花が言うと土井はすまして、

「そのあたりは万羽さんに頼んでおいた。照美さんのほかにも戻って生活している子供がいないか調べて欲しいと」

　清花は感心して頷いた。万羽福子とはモニター越しに会っただけだが、この班に援軍がいるという事実は清花を大いに勇気づけた。部署がただの飾りじゃないとわかったからだ。

「私、班長と二人だけで捜査するのかと思っていました」

「まーさーかー」

　と、土井は笑った。

「キャンプ場をベースに少しずつ周囲を見てはいるんだけどね。今朝はお地蔵さんの周辺の草刈りをして、こんなものを拾ったよ」

　土井はポケットに手を入れてビニールパックを引っ張り出した。渡されたので中身を見ると、ゴミだった。飴《あめ》の包み紙のようである。

「黒飴ですね。これがなにか？」

「人の来ないキャンプ場だからね。もしかして失踪した子と関係あるんじゃないかと思ってさ。指紋が残っているかもしれないから、調べてみよう」

「鑑識へ送るんですね」

「送らない。指紋を採取してデータで飛ばす」

　そして清花の顔を見た。

「警察学校で一通り学んだでしょ？　装備は一式積んであるから」

「私たちでやるんですか？」

「やることなくてヒマよりいいでしょ」

なるほど、ここはそういう班なのか。清花はダッシュボードを開けて証拠品パックをしまった。

「サーちゃんが言うように、子供をどうにかしたい保護者が伝承に惹《ひ》かれてこの山に来ているとするならば、だよ？　牡鹿沼山か、ヤマヒト神なるものを祀《まつ》る神社か、どっちへ捨てに行くと思う？」

「神社でしょうね。でも、神社だと村の人たちに会う可能性があるかも」

「だよね」

「じゃあ、牡鹿沼山ってことですね」

車は舗装された道に出た。山の麓《ふもと》に集落があり、集落より下がった場所に公共施設や商店などがあった。長閑《のどか》な風景は伝承に相応《ふさわ》しいとしても、不穏な気配は感じられない。車は集落に入ってゆき、やがて小さな温泉施設の駐車場に停まった。

入浴料は地域住民が三百円、村外から来た者は四百五十円という安さであった。年間パスポートなるものを購入するとさらに安く利用できるとのことで、ゲートボール場や地場産品市場を兼ねた施設は思いのほか賑《にぎ》わっていた。車を停めたとたんに誰かがそばへ寄って来た。運転席のほうへ回って土井が降りるのを待っている。

「草刈りしてくれたってなあ」

数人のお年寄りが集まって、助手席を降りた清花を見てニコニコ笑い、

「姪《めい》っ子さんだって？　べっぴんだなあ」

などと言う。どうやら土井は、すっかり村に溶け込んでいるようだ。

「風呂《ふろ》はちょうど混んどるわい」

「山キノコは売り切れちゃったぞ」

「こんな時間に来てもコンニャクぐらいしか売ってねえっぺ」

親切に色々と教えてくれる。そのたび土井は「うへえ」とか「ひゃあ」とか相槌《あいづち》を打つ。五分ほど時間を費やしてから、ようやく施設の建物へ向かった。

市町村に等しく交付されたふるさと創生事業資金で造ったという温泉施設は、手を入れながら大切に使われているらしく、随所に置かれた手作り品が村の人たちの愛情を表している。松ぼっくりで作った人形がフロントに飾られて、受付表示には折り紙の花が貼ってあり、ロビーに山野草が生けられて、ボロ裂きの草履や毛糸で編んだ花などの手作り品が売られている。髪飾りなどはかわいらしくて桃香に似合いそうだった。捜査を忘れ、いくつか買って帰ろうなどと考えている自分に気が付いて、清花はとても不思議な気がした。こういう普通の感覚を長く忘れていたように思う。

土井と別れて女湯へ向かい、脱衣所で多くの村人に会った。

「ここ、いま空けるから」

脱衣カゴの衣類を抱えて、六十がらみの太った女性が場所を譲ってくれた。

「ありがとうございます」

頭を下げてその場所へ行くと、椅子に座って汗を拭《ふ》いたり、鏡の前でクリームを塗ったりしている女性らが清花を振り返って頭を下げた。土井から話を聞いていたとおり、自分の素性がわかっているのだ。刑事の顔で聞き込みに来ても、なにひとつ語ってもらえないと土井が言うのはたしかなようだ。

浴室に入ると洗い場も混んでいたけれど、「ここ、空くよ」と声がかかって、お婆さんが席を譲ってくれた。また礼を言ってそこに行き、髪と体を洗ってから浴槽へ向かった。内湯のほかに外湯もあったので、竹垣で囲われた露天《ろてん》風呂へ行ってみた。無色透明な湯はほのかに硫黄《いおう》の香りがし、温《ぬる》くもなく熱くもない。柔らかく肌を包み込むお湯の、なんと気持ちがいいことだろう。

「うわーぁ……生き返るー」

天を見上げて呟《つぶや》くと、

「そうだべ?」

と、誰かが言った。入浴客らはニコニコしている。名前も知らぬ人たちだけど、裸同士の気安さがある。

「ホントにいいお湯ですね。家のシャワーと全然違う」

「なんもねえ村だけど、お湯と人はいいからな」

「皆さん土地の人ですか?」

訊《たず》ねるとお婆さんたちは互いを見やって「そうだー」と答えた。

「このへんで年寄り見たらここのもんだな」

「よっぱらいるのは大抵そうだ」

「旅の人なんてほとんど来ねえべ」

清花は眉尻《まゆじり》を下げてこう言った。

「私、キャンプ場にお邪魔しているんですけど」

「土井さんの姪っ子だってなー」

「知ってるんですね。やだ恥ずかしい……叔父《おじ》は放浪癖があって、叔母とケンカすると、すぐに車でどっかへ行っちゃうんですよ」

「そりゃ、山の神にいじやけられちゃっちゃ、家になんておらんねえだろ」

清花がきょとんとしていると、

「山の神つうのは『奥さん』のことだべ」

と、ほかの女性が教えてくれた。

「歳食ってやかましくなった女房をそう呼ぶんだぁ」

返事の代わりに苦笑してから清花は呟く。

「本当の神様のことかと思ってビックリしちゃった……どうして奥さんが山の神なんだろう」

「なんでか、昔っからそう言うよ」

「山の神は山姥《やまんば》だからじゃろ」

そういうことなら納得できる。清花は阿久津に聞いた話を思い出し、

「このあたりでは山姥のことを山神様って呼ぶんですか？」

土井に倣って話を振ると、

「山神様じゃなくヤマヒトさんって言ってるけどな」

「山仕事の村はだいたいヤマヒト神さんを祀ってんな。昔は祭りで賑わったもんだけど、今は年寄りばっかでさ、神輿《みこし》の担ぎ手もいなけりゃ、山も『ぼさっか』ばっかになって」

「『ぼさっか』ってなんですか？」

「草ボウボウって言うでしょが」

清花は二度頷《うなず》いた。草藪《くさやぶ》のことを指すらしい。

「ぼさっかったって昔は役に立ってたもんだが、なんだったって人がいなくちゃ、生える方が早くて追いつかねえのよ」

「子供が見つからないのも草深いせいかしら」

清花は思わず口走る。

「ああ、すみません。夏に女の子が行方不明になってますよね？　キャンプ場の管理

人さんとそのことを話したら、神隠しだと言っていたから」

痩《や》せてシワシワのお婆さんがお湯の噴き出し口近くに座っていて、その人が突然会話に入ってきた。

「ヤマヒトさんは子供好きだもんで、村がこんなに寂れちまっちゃ、よっぱらいた子らがみえなくなって、だから余所《よそ》から来た子をさらっていくんじゃ。子供が山で隠れたら、大概は出て来ねえもん」

「そうだよな。女の子が行方不明になってたな」

「村祭りをやりゃ出てくるかしんね」

「そうだったって、幟《のぼり》立てんのもしんどいがねえ」

「去年は阿久津の息子がトラックで引っ張って立てたがね」

ご近所同士の話は止むことがなく、清花はさすがにのぼせてきて、村の人たちに挨《あい》拶《さつ》してから風呂を出た。刑事から普通のオバサンになったような気分であった。

服を着て廊下に出ると、自動販売機の横で土井がコーヒー牛乳を飲んでいた。無精ひげを剃《そ》り落とし、さっぱりとした顔になっている。

すみません遅くなりました、と言いかけて、

「叔父ちゃん、ごめん」

と、清花は言った。自分もコーヒー牛乳を買って、立ったまま飲み干す。甘さとコーヒーと乳脂肪分にはビールにない包容力があって、これはこれでイケると思った。

「サーちゃんさ。なんか、いい顔になってきたよね」

自販機の横には空きビンを入れるケースがあって、清花はそこにビンを返しながら、

「そうですか？」

と、素直に訊《き》いた。自分がどんな顔をしているかなんて、鏡の前に立たない限り気にすることもなかったけれど、草取りをして、ご飯を食べて、露天風呂に入ってコーヒー牛乳を飲んで、変な顔になるはずもない。土井も牛乳ビンをケースに返し、

「戻ろうか」

と、清花に言った。追い越しながら小さい声で、

「万羽さんから連絡が来た」

それを聞いた途端に背筋が伸びた。受付のおばさんに頭を下げて、すれ違う人ごとに言葉を交わし、ようやく車に乗って発進するとき新しく風呂へ来た人たちに窓を開けて声を掛け、キャンカーは再びキャンプ場へと向かう。

太陽が傾き始めた山にはヒグラシの声が響いていた。

第四章　ヤマヒト様の穴

誰もいないキャンプ場に着いても土井は最初にオーニングを開き、用もないのにキャンプ用の椅子を屋外に二つ並べる。清花は一刻も早く本部の送信データを確認したくてウズウズしたが、それが班長のやり方だと言うのなら、従ってみようという気持ちにもなってきていた。土井のことを能天気な男と思っていたが、古い車に隠された最新装備と万羽福子の後方支援を知らされて、自分の知る狭い世界の外側に土井や返町が築こうとしている何かに俄然《がぜん》興味が湧いてきたのだ。

当の土井は呑気《のんき》な風来坊よろしく居場所をセットし、屋外用の照明すら定位置に置いてから、車内に入って窓用のシェードを閉めた。夜間は外から車内が丸見えになるのと、明かりに虫が寄って来るのでシェードを閉める行為は一般的だ。

　屋外からの視線を遮断し終えると、土井は通信機器の前に座った。そのブースの椅子は引き出し式で、移動時にはロックがかかる。空間を余さず使う設計やメカニックな工夫に惚《ほ》れ惚《ぼ》れとする。土井のコースターにはカムフラージュを超えた生活感があるから、内部にこんな空間があろうとは誰も思わないはずだ。

通信機器にスイッチが入ると、モニターに万羽福子が現れた。サーチを頼んだばかりというのに、もう情報を集めたのだろうか。

「お疲れさま」

と、福子は言った。

「清々《せいせい》した顔しちゃって。温泉でも行ってきた？」

「当たりー」

と、土井はニコニコ笑う。あちらのモニターには隣の清花も映っているから、福子は清花に目を向けて、

「木下さんも、さっぱりした顔してる。土井さんと仕事するのは疲れるでしょ？　テンポが合わなくてイライラしない？」

「大分慣れてきましたけどね」

と、清花も答えた。福子は微笑み、手元で何かを操作して、こちらのモニターから視線を逸《そ》らした。おそらく別のモニターに必要な情報を呼び出したのだ。

「じゃ、調べたことを伝えます」

データで送ってくれるとばかり思っていたので、清花は少し驚いた。ここの捜査班は情報を逐一頭に叩《たた》き込むのが慣例らしい。

「失踪《しっそう》した児童のうち、何件かは家庭環境に問題アリだった。殺人の被害者となった旧姓増田照美さんは、父親の酒乱と暴力で警察が出動した記録が数回。ちなみに父親は七年前に病死している。

次、二〇一四年の夏には三歳と二歳の兄妹《きょうだい》が失踪。保護者は二十一歳のシングルマザーで、駐車場に駐めた車に子供を残してトイレへ行ったわずかな間に子供たちがいなくなったと証言してる。当時、キャンプ場には防犯カメラが設置されていなかったから、母親の証言を裏付ける証拠はナシよ。

翌年の春には祖父母とワラビ採りに来た七歳の姉と五歳の弟の、姉のほうが行方不明になっている。この家庭は両親に虐待の疑いがあって、祖父母が姉弟《きょうだい》の面倒をみていたみたい。あと……」

と、福子はこちらを見て言う。

「二〇一八年の六月にも、村営キャンプ場から五歳の男の子がいなくなってるのよね。家族支援サークルが主催するイベントでそこを訪れて、虫取りしていて山に入ったみたい。この子も虐待の疑いアリと、病院から警察に通報された記録があったわ。母親の交際相手による虐待で、子供の失踪後に母親は交際相手と結婚している」

「失踪後に戻った子はいる？」

土井が訊くと、福子は難しい顔をした。

「住民票と小中学校の入学記録から追ってみたけど、入学時すでに不登校でも書類上は入学したことになってしまって存在確認できないの。戸籍もそのまま残っているし、確認するなら地取り捜査をするしかないわね。失踪児童全員を調べてみたけど、戸籍も医療保険もそのまま活《い》きていた。適齢になれば入学通知が行くし、登校しなくても義務教育の期間は終わる。ちなみに、三年前に政府が行った実態調査では、安否不明の児童は全国で三千人弱もいるという結果が出てるの。これは自治体が実際に家庭訪問できた事例の数値であって、乳幼児健診を受けていない、保育園や小中学校に通っていない、生存実態がわからない子供たちは一万五千人を超えている。出生届すら出ていない子供を加えると、実際にはもっと多くの子供が神隠しってことになるのかも」

「まあ、適正に住民登録をしないと後足《あとあし》を追えませんしねぇ」

後足は警察用語で犯行後の逃走経路のことだから、善良な一般市民の居住情報には使わないけれど、土井はそれを後足と呼ぶ。

「そこで増田照美さんについて調べてみたら、彼女の場合、失踪後に初めて保険証を使用したのが五年前で、これは息子さんを妊娠したからだと思うのね。ちなみに保険証や国民健康保険の支払い通知は母親の実家に届いていて、五年前の時点で未払い分を一括納付していたわ」

「なーるーほーどー……大人になってようやく、生存実態が確認できたわけですかー」

親指と人差し指の間に顎《あご》を挟んで、土井は何事か考えている。

「彼女がいつ帰って来たのかは、わからないってことなんでしょうか？」

清花が問うと、「今のところは」と、福子が答えた。

「失踪児童の家庭事情に関しては児相や警察に記録がないと調べられないけど、いくつかの家庭がネグレクトや虐待、貧困問題を抱えていたのは間違いないみたい」

「わかったよ。万羽さん、ありがとう」

「どういたしまして」

と、福子は言うと、ポンと人差し指で通信を切った。

ブラックアウトしたモニターに映る自分の顔を眺めながら、

「どう思う？」

と、土井が訊《き》く。

「どうでしょう……問題を抱えた家の子が思った以上に多かったというか……」

まあそれは自分の家庭も同じこと。大なり小なりの問題を抱えていない家庭なんてあるのだろうかと考えてから、清花は言った。

「生存実態がわからない子供が一万人以上もいるってショックです……これ、ホントに単なる失踪事件なんでしょうか」

土井は思いっきり眉尻《まゆじり》を下げて清花を見上げた。

「や。ぼくらはだから潜入捜査をしているわけで」

その通りだが、目の前に死体や被害者がまずあって、畳みかけるように犯人を追ってきた清花には、潜入捜査の意味もそのやり方も手探り状態なのだった。

「お風呂《ふろ》で会ったお婆ちゃんに聞いたんですが、ここって山仕事の村だったんですね」

「山奥の村はそうだよね。平らな場所がなくて米が穫《と》れないわけだから」

「それでも祭りができるほど、昔は人がいたんでしょうか」

「どうだろう……都会の比じゃないとしても、昔の人は子供をたくさん産んだから」

「年寄りばかりになって寂しいから、神様が子供をさらって行くんだなんて話してましたけど、もしもここに住んでいたなら、あながち迷信とも言えないなって思っちゃいました」

「うん」と土井は頷《うなず》いて、「あのお地蔵さんだけどね」と、言った。

「地蔵菩《ぼ》薩《さつ》ってさ、子供の守り神でしょう?」

「そうなんですか」

お地蔵さんがなんの神とか考えたこともなかった。お地蔵さんなんて、道端に普通に置かれているものではないのだろうか。土井は困ったような顔をした。

「お地蔵さんが赤いよだれかけや帽子を身に着けているわけは、子供の成長を願ったからだよ。あと、お地蔵さんは道祖神の意味合いで境界線上に置かれることが多いんだ。たとえば村の」

「村の出入口はもっとずっと向こうですよね」

「そう。だからあそこは村の境界線ではなくて、ヤマヒト神が棲《す》む山の境界ということになる。牡鹿沼山の境界というか、御神域の入口なんだと思う」

「少なくとも、誰かがそこで飴を食べたんですね」

土井はおもむろに立ち上がり、通信ブースの裏側から指紋の採取キットを取り出した。それを清花に渡してくる。

「飴《あめ》の包み紙の指紋をよろしく。データにしてから万羽さんに送るから」

「それですけど、星ちゃんや母親の指紋と照合可能なんですか?」

「可能だよ。指紋は入手済みだから」

「入手って……どうやって」

「調書をとるとき親たちを呼ぶでしょ? そしたら指紋も採れるじゃない」

「でも、それって合法じゃないですよね? 指紋が一致して何かの証拠に使おうと思っても、裁判では役に立ちません」

土井はメガネを持ち上げて、しれしれと言う。

「ぼくらは逮捕も検挙もしないから、裁判の証拠なんかいらないんだよ。連続事件の可能性を示した後は捜査するのも所轄だし」

清花は口をポカンと開けた。今までは、犯行事実が裁判で覆されないよう、がんじがらめの捜査を心がけていたというのに、その対策は必要ないと土井は言う。

「私がやる……んですね?」

「いつもと違う行動はよくないからさ。ぼくは外で夕飯の準備をするよ」

「またチキンラーメンですか」

「や、同じものだと飽きちゃうからね。今夜は塩味にしようかと」

土井はいそいそと外へ行く。梅とレモンとミカン味のグミを口に入れ、この班で仕事をするならバラエティ豊かなキャンプメニューの習得が必須《ひっす》だと清花は思った。

前夜は雨になったこともあり、清花は運転席の後ろのベッドを土井に譲って、設備ブースの床に敷いたシュラフで眠った。睡眠は大切なので二晩続けて土井を妙な場所で眠らせるのも忍びなかったからである。シュラフは土井のものしかないので、早めにキャンプ用品の店へ行き、自分の分を調達しなきゃと考えて、清花は自分を笑ってしまった。アウトドアに興味すらなかった自分が山奥で放浪者みたいな生活をする羽目になろうとは。

左遷が決まったとき、上官の叱責《しっせき》や同僚の嘲笑《ちょうしょう》に耐えて実績を上げる覚悟はしたけれど、置かれた状況がこうだとは誰に想像できただろうか。おでんを奢《おご》ってくれたときに返町がこれを知っていたと思うと、あの丸い目のビックリ顔が忌々《いまいま》しかった。ドアを閉めれば暗闇になる装備室には、ほたるスイッチだけがチカチカしていて、桃香に電話しておやすみなさいを言ったあとは、小さな光を見ているうちに眠ってしまった。

キャンプ生活の利点のひとつが、目覚ましアラームが必要ないところかもしれない。小鳥の声で目覚めると床の隙間が明るくて、朝になったことを知る。車の出入口には土井が寝ているから、夜中にトイレに起きなくてよかった。この時間なら土井を起こすことなく外へ行けるだろうとドアを開けると、シンクと冷蔵庫の向こうにはベッドではなくソファがあった。出入口の扉が開け放たれて、爽《さわ》やかな朝の空気が入り込んでいる。スマホで時間を確かめると午前八時になるところだった。無意識にアラームを止めて寝ていたようだ。

「うそみたい」

夢も見ないで眠った気がする。こんなことはいつ以来だろう。やるべきことと、段取りと、仕事の予定と家庭の予定、あれとこれとそれの他にも忘れてはいけないことなどが常に頭を駆け巡っていたはずが、自分はこの部署に来てだらけているのではと怖くなる。髪を掻《か》き上げ、両目をこすって出口へ向かうと、オーニングの下に椅子を並べて土井が誰かとお茶を飲んでいた。空気は清々《すがすが》しく、いつもより頭がはっきりしている。風の匂いも太陽の光も、洗い直したように鮮明に感じる。

土井といるのは管理人の阿久津ではなくて、見知らぬ細身の男であった。キャンプ場の利用者かもしれない。

「おはようございます」

　車を降りながら声を掛けると、二人は振り向いてニコリと笑った。

「おはよう。よく眠れたみたいで」

と、土井が言う。見知らぬ男も頭を下げた。まだ二十代半ばくらいである。カジュアルでラフな服装だから登山者でもないようだ。誰だろうと思いながらも、清花は炊事場へ急いで顔を洗った。

　土井と見知らぬ青年は、沢のあたりを飛び回っている美しくて大きな蝶《ちょう》を眺めていた。海を越えて千キロ以上も移動するアサギマダラという蝶だと、興奮した声で話している。

「北海道から本州へ、そして九州へ渡って南西諸島や台湾へ。まだ移動ルートを調べ始めたばかりで、生態は謎に包まれているらしいですよ」

　青年は子供のような目で蝶を見ている。見慣れない蝶が飛んでいるのは知っていたけど、アゲハチョウの一種だと思って興味はなかった。二人のほうへ戻って行くと、青年は立ち上がって頭を下げた。蝶の話をしているときとは打って変わって小さな声で、

「警察庁特捜地域潜入班連絡係兼生活安全局の指示待ち刑事、丸山勇《まるやまいさみ》です」

素早く言って、椅子に座った。

「どうも……木下清花です」

頭だけペコリと下げると、

「知ってます」

と、彼は笑った。指示待ち刑事は役職ではなく警察組織の隠語で、上官の指示を待って動く新米刑事のことである。本人自身が指示待ちの立場を誇示するなんて滑稽《こっけい》だが、丸山勇は悪びれるふうもなく飄々《ひょうひょう》としている。

土井は自分の椅子を引っ張って来て清花に渡すと、キャンカーの昇降用ステップに移動して腰を下ろした。バーナーにポットが載っていて、清花のカップも置かれているから、起きるのを待っていてくれたのだろう。清花はポットの中身をカップに注いだ。お茶のような色をしているが、嗅《か》いだことのない香りだった。一口飲んで、

「なんのお茶？」と訊《き》く。

「百草茶《ひゃくそうちゃ》。温泉の地場産品コーナーで買ったんだよね。クマザサとかハトムギとかヒキオコシとか、クコとかね、このへんの山に生えてる植物で作ってあるんだって。昔から入植者が健康のために飲んでいたお茶だっていうから、ちょっと試してみようと思って」

「香ばしくておいしいですよね。俺は好きですよ、この味は」

不味《まず》くはないけど、ほうじ茶の奥に薬草が香る微妙な味だ。

「逞《たくま》しいというか、すごいというか……ここの人はなんでも利用しちゃうのね。雑草は肥料に、野草はお茶に」

それで、この青年は何をしにここへ来たのだろうと思っていると、

「それって素敵じゃないですか。現金がなくてもそこそこ生きていけそうだもんな。それに、ここって沢に魚がいますよね？　あとで獲《と》って食べませんか」

遊びに来た者のようにそんなことを言う。

「ああ、そうね、塩も包丁もあるから、柴《しば》や枯れ木を拾ってくれば焚《た》き火で塩焼きにできるだろうね――」

土井すら本気で魚を獲る勢いだ。

「――ただ、ぼくは魚をさばけないけど」

「俺もやったことありません」

二人は同時に清花を見た。

「無理よ。生魚なんていじったことないし」

両手を左右に振っていると、

「じゃ、あとで阿久津さんにやり方を訊こうか」

と、土井は笑った。駐車場の端に勇が乗って来た車がある。今どき流行《はや》りのワンボックスカーは、いかにもアウトドア好きが選びそうな雰囲気だ。

「サーちゃん。この彼が『祭り好きな若いの』だよ」

それは阿久津に祭りを手伝えと言われたときに、土井が呼んでもいいと話していた人物のことである。まさか本気で祭りのために呼んだのだろうかと思っていると、

「勇くんはね、大事な情報を持ってきてくれたんだ」

「この班の情報伝達手段は基本的に口頭なんですね？」

疑問に思っていたので訊くと、

「うん。そう。祭りもあることだしねえ」

と、土井は答えた。駐車場を見渡せる位置に清花の椅子を引っ張って来たのは、見張りながら情報共有するためらしい。阿久津の軽トラックや他の人の車が来ても、この位置からならよく見える。談笑をする体で車座になると、カップを弄《もてあそ》びながら勇が言った。

「実はですね。日光警察署からの情報で田中星ちゃんの父親が急死したようなんです」

清花と土井は視線を交わした。

「急死って……」

「過度な飲酒による急性心臓死。外因死ではないです」

「事件性は？」

「そういう話にはなってません。きちんと救急車も呼ばれていますし、病院で死亡診断書が出ています。外傷ナシで、すでに葬儀も済んでます。多額の死亡保険金がかけられていたということもなく、むしろ協同組合の助け合い保険程度しかかけていなくて、子供がいる家庭としては少ないそうです。経済的に苦しかったんでしょうね」

「娘が行方不明なのに、よくも酒なんか飲めたわね」

「飲んだんですねえ。いつものように」

澄ました感じで土井が言う。勇は上目遣いに清花を見た。

「昨日、地取りに行ってきました。星ちゃん失踪《しっそう》時にここへ来ていた三家族ですが、全員がご近所さんでした。同じアパートで、父親同士気が合って、キャンプしようって話になったようです。田中家は日光市のアパートに越してきたばかり。その前に住んでいたのが宇都宮《うつのみや》市で、そっちを当たったら色んな話が出てきました」

昨夜の雨で濡《ぬ》れた下草が、キラキラと宝石のように光っている。陽の当たる場所から湯気が立ち、霞《かすみ》のように昇っていく。こんなにきれいな朝なのに、勇の話は胸糞《むなくそ》の悪いものだった。

「田中家には星ちゃんの他に二人の子供がいました。兄のタスクちゃんは四歳のときに公園の事故で亡くなっています。ブランコから落ちて頭を打ったという話ですが、当時も父親の虐待を疑う噂がありました。母親の証言もあって事故で決着したようですが、妹もゼロ歳で死亡してるんですよね。揺さぶられ症候群の疑いがあったそうです」

首の筋肉が未発達で頭が重い乳幼児は、激しく揺さぶられることで脳に損傷を受けやすく、重い後遺症を負ったり、死亡することもある。正式には『乳幼児揺さぶられ症候群』と呼び、厚生労働省は注意を呼びかけている。

「じゃ……元気なのは星ちゃんだけだったってこと？」

清花が訊くと、「そうです」と、勇が答えた。

――ヤマヒトさんはさ、可哀想な子を見ると連れて行くって言われてんだよ――

頭の中で誰かが呟《つぶや》く。

「星ちゃんを連れ出したのは母親じゃなくて父親のほうだったのかしら……」

「一緒に来た家族の証言では、父親たちは酔っ払って寝ていたと言うことでしたが」

「まあ、でも、個別にテントに入ってしまえば中のことはわかりませんもんね。テントは大抵両側にファスナーがついていて、どちらからでも出入りできるし、閉めちゃえば中は見えないし」

「飴《あめ》の包み紙から指紋が出れば、そこもわかると思うんだけどね」

土井がステップからそう言った。包み紙に指紋はあったが、時間が経っている上に断片なので、あまりよい状態とはいえなかった。それでもスキャンデータは昨夜のうちに万羽福子に送信済みだ。

「指紋なんてあったんですか？」

と勇が訊《たず》ねる。清花は、お地蔵さんの周囲に落ちていた飴の包み紙から取ったものだと説明した。

「そういえば、地蔵の場所が御神域の入口ではないかと疑ってましたね？　そこから奥へ入ってみたらどうですか？　そもそも星ちゃんがいなくなったとき、その奥は捜索したんでしょうか」

土井に目をやると、彼は眠そうに目をショボショボさせながら、

「したと思うよ」と言った。

「警察と有志と村が総出で捜したわけだから」

「今から山へ入ってみませんか？　もっとなにか見つかるかもしれないわ」

「うん。そうなんだけど、まだダメね」

ほっぺたのあたりに飛んで来た虫を、土井は平手でペチンと叩《たた》いた。

「まだダメって……山に入るだけですよ？」

「だーめ。ぼくらは家を追い出された叔父とハートブレイクな姪《めい》なんだから」

「じゃ、なにもしないんですか」

「なにもしてなくないじゃない。ここにいて少しずつ村の人と仲良くなってる。お祭り男も呼んだしさ、協力する気満々なんだから……あ、そうだ」

と、土井は顔を上げ、

「勇くんさ、今の話ね。近々村祭りがあるらしいんだけど、ここは若手がいないから、幟《のぼり》を立てたり、色々と手伝ってくれって。勇くんは祭り大好きだよね？　手を貸してもらえると嬉《うれ》しいんだなあ」

「いいっすよ。俺、自称『令和の祭り男』すから」

あまりに呑気《のんき》なやりとりに、清花はフンと鼻を鳴らした。

「いい加減にしてください。捜査はいつする気なんですか」

土井はギョロリと清花を見上げる。

「サーちゃんさ……ぼくは初めに話さなかったっけ？　犯人を捜して逮捕するのはぼ

くらの仕事じゃないんだよ？　ぼくらがやるのはそういう捜査と違うんだ。あの場所にお地蔵さんがあるってことは、お地蔵さんの背後に御神域が存在するってことだよね。御神域、つまりヤマヒト神の住処《すみか》というか、村の神聖な場所がさ。それをぼくらよそ者が、勝手に入ってなにを捜すの？　大がかりな捜索を何日もかけてやったんだから、そこに子供がいないことはわかってる。で、性急に行動を起こしてしまうと、必要な情報が一切入ってこないまま、神隠しの謎だけ残ってしまうことになりかねないよ」

強い口調になっている。

「でも、もしも星ちゃんがそこにいたなら」

「いるかもしれない。いるかもしれないけど、その場合、生きているとは思えない。小さい子が三週間も山の中で生きていけるわけないからね」

「そうだとしても、ご遺体だけでも早く見つけてあげたいと思うのが人情じゃないですか？　私なら耐えられません。淋《さび》しい山の中に、独りぼっちで、あの子がいると思ったら」

「だよね。誰だってそう思う。でもさ、謎を謎のまま残したら、次の行方不明者が出るかもしれないんだよ。そしてそっちの不明者だったら、ぼくらにだって救うことができるんだ」

誇りと使命感を持って国家と国民に奉仕する部署。過去の未解決事件から連続性と関連性を持つと思《おぼ》しき案件を見つけて背景を調べ、犯罪を未然に防ぐことを旨とする。要は事件が起きた背景を探って、次の事件が起こらないよう所轄に情報を提供する仕事。清花は、おでん屋で返町が言っていたことを思い出した。

警察は事件が起きて捜査を始める。でも、もしも事件を未然に防げたならば、被害者だけでなく加害者も救うことになるのではないか。加害者に罪を犯させない。それが究極の意味での防犯だ。

若い勇はお茶のカップを握ったままで、土井と清花を交互に見ている。

「……じゃあ……これからなにをするつもりです？」

訊《き》くと土井は立ち上がり、

「魚獲《と》ろうか」

と、ニタリと笑った。

「やった」

と勇が拳《こぶし》を握る。

「沢の一部をいけすに囲って、獲った魚をそこに入れてさ、阿久津さんが来たらさばき方を教えてもらおう。ここへ来たとき阿久津さんが魚を獲ってて、エラから口へクマザサの枝を刺して、何匹もつなげて持ち帰ってたよ。ちょっと感動しちゃったなあ」

「まさか釣り竿《ざお》とか積んでるんですか」

嬉しそうに勇が訊くと、

「いや、阿久津さんは素手で獲ってた」

と、土井が言う。男二人はズボンの裾《すそ》をまくり上げ、「冷たい」「痛い」とはしゃぎながら沢の中へ入っていった。

子供じゃあるまいしと呆《あき》れていると、魚を獲らないなら薪を集めて来いと言われて、清花は収納ボックスから軍手を出した。キャンプ場の隅々に落ちている枯れ枝や、焚きつけになりそうな針葉樹の葉を拾っていると、なかなかに一挙両得の感がある。サイト内がきれいになって燃料も手に入るというわけだ。よさそうな枝を拾い集めているうちに、自分はなにをやっているのかと可笑《おか》しくなった。今なら勉が嫌う目つきではなく、母親で妻の目をしているだろうか。桃香とみんなでここへ来たなら、勉は自分の表情を、母親のそれと認めてくれるだろうか。沢のほうから土井と勇の歓声がする。あんなに大声を上げたら魚が逃げるのに。

「ていうか……ホントに魚なんか獲れるのかしら」

薪だけ山積みになって魚がナシとかあり得ない。薪を抱えてキャンカーまで戻ると、道路のほうからエンジン音が聞こえてきた。

「ほーい！　ほーい、土井さーん」

大声で呼ぶ声がする。見れば阿久津が運転席側の窓を開け、叫びながらやって来るのだった。清花は沢を振り返る。

「ヒトシ叔父《おじ》ちゃーん！　管理人さんが呼んでるーっ！」

土井と勇は沢でずぶ濡《ぬ》れになっていたが、清花の声で顔を上げ、川床の石を踏みながら上がってきた。そのときには軽トラックが駐車場に入り、停めるが早いか、阿久津が運転席を転げ出て来た。

「ああ土井さん、いかった！　ちょっと手ぇ貸してくれ。なんだったたって俺一人じゃ、どうにもこうにもなんねーっぺよ！」

早く早くと手招くほうへ、勇も一緒に駆けてきた。阿久津は若者がいるのを見ると、助かったという顔をした。土井が訊く。

「え、どうしたの。なんかあった？」

阿久津は助手席に乗れと手招いている。

「婆さんが山へ行ったらよ、下に女の人が落ちてるって。んだけど崖《がけ》が危なくて、俺たちじゃ上げてやれねえからよ。早く、早く！」

清花たちと顔を見合わせて、土井が訊く。

「大変だ、その人はどこに？」

「ヤマヒトさんの御神殿のほうだ」

土井は助手席へ走りながら、

「勇くん、車であとからついてきて」

と、勇を見た。清花も勇と走り出す。土井はふと振り向いてキャンカーをロックすると、椅子もバーナーも出したまま、阿久津の軽トラックに飛び乗った。清花も勇の車に乗った。

「うわ、ヤバい」

発進するなり勇が言った。

「どうしたの？」

「これシェアカーなんですよ。座席濡らして大丈夫かなあ」

勇は水も滴るいい男になって、濡れたズボンから沢の水が滴っている。水の匂いを嗅《か》ぎながら、二人は軽トラックを追いかけた。

阿久津の車は道端の地蔵を通り越し、さらに細い山道を上っていく。舗装もされていない道は脇に枯れ葉がたまっているし、車の行く手に枝を伸ばしている木々もある。喋《しゃべ》ると舌を嚙《か》みそうでアシストグリップを放せない。勇も前のめりになってハンドルを握る。こんな場所へ来る相手とは、絶対にカーシェアしたくない。

崖側の視界が開けたあたりで、軽トラックが突然止まった。阿久津と土井が車を降りて、荷物を縛るため荷台に置かれたロープを下ろした。阿久津が先に山へと入る。

清花と勇も車を降りて、土井と一緒に阿久津を追った。

「これが大事なんですよ」

と、小さな声で土井が言う。

「『これ』とは？」

横に並んで清花は訊いた。

「村の人が自分で呼びに来て、それで現場へ行くわけだから……ぼくらが不法侵入するのと違って、お役に立つってことだよね」

チラリと勇のほうも見てから、

「捜査の基本は、どうやって一般人の協力を仰ぐかってことだ。そこを間違えると見えている情報すら入手できない。特に閉鎖的な場所ではね、土地のやり方を大切にしないと」

「はい」と答えた勇の態度で、清花は土井が敏腕刑事で指揮官だったことを思い出した。会ってからというもの、それを思わせる言動も一切ないし、敏腕刑事と土井のイメージは今も乖離《かいり》したままだけど、このみすぼらしくて頼りなげな男に興味が湧いてきたのは確かだ。

阿久津は細い獣道を進んでいく。ミーンミーンと蟬が鳴き、どこかでキョキョキョと声がする。道は細いが平らなので歩きやすい。けれど並んで歩く幅はない。阿久津を先頭に土井、勇、清花と一列になると、勇が振り向いて、

「大丈夫ですか」

と訊いた。今までは部下を案じる立場だったので、逆に訊かれると気恥ずかしい。

「平気よ。ありがとう」

素直にそう言えた自分にもビックリだ。

林の中は爽《さわ》やかで、心地よく風が吹いてくる。三分ほど歩くと先が開けて、五坪ほどしかない窪地《くぼち》に着いた。平らな場所に陽が降りそそぐさまはステージにスポットライトが当たるのに似て、窪地の際に立っていた阿久津の母親が白く霞《かす》んで見える。

そこは奇妙な空間だった。草丈は伸びた芝生程度しかなくて、誰かが手入れをして

いるようだ。小さな石像がいくつも置かれていたが、配置がバラバラで、石像同士が遊び戯れているかに見えた。猫や犬、石の土台に線彫りされたもの、丸や四角の石もある。

「ああ……来てくれたー、ほーい、ほーい、この下だー」

と、阿久津の母親が手招いている。窪地の際まで行ってみると、そこから崖になっていて、崖の途中に足を投げ出して地面に座り、枝につかまっている女性が見えた。

「助けが来たで！　今行くからな」

阿久津が叫ぶと、彼女はなんとか手を振った。土井は担いできたロープを外し、手頃な幹に巻きつける。阿久津が端を持ったので、土井と勇は残りのロープを担いで崖を下った。斜面は急勾配《きゅうこうばい》で、雑木が複雑に絡み合っている。女性は二人を待っている。

「だいじょうぶーっ？」

清花が問うと、勇が頭の後ろで手を振った。

「足をケガして立てねえようだで、来てもらって助かったなあ」

と、阿久津の母親が言う。

「ここから滑って落ちたのね」

「貉《むじな》かなんかに驚いたらしいわ。山は動物がいるからさ」

「登山者かしら」

女性はずいぶん軽装だった。土井と勇は女性の許《もと》へ辿《たど》り着き、ケガの具合を確かめている。

「捻挫《ねんざ》しているみたいだから、仮のギプスで固定するよーっ」

崖の下から土井が叫んだ。勇が手頃な枝を探す間に、土井は着ているシャツの袖《そで》を破って布を裂き、枝と布を利用して女性の足に添え木を巻いた。

「たいしたことがなくてよかったわ。お婆ちゃんも、よく見つけましたね」

阿久津の母親に言うと、

「お参りに来たらば呼ぶ声がしてよ」

と、彼女は答える。

見れば石像の奥に大きくて俎板《まないた》みたいに平らな石が置かれていて、上に花と米と水と野菜が供えてあった。石の後ろは斜面であり、蔓草《つるくさ》に覆われている。垂れ下がる蔓草の間に注連縄《しめなわ》が張られているのを見て、ヤマヒト神の御神殿は、まさかここなのだろうかと清花は思った。そこは斜面のわずかな窪地だ。もちろん子供の姿などなく崖下は急斜面、窪地の上も急斜面だ。子供がここに迷い込んだとして、上に行こうが下に行こうが危険なことに変わりはない。動けば無傷でいられるはずはなく、じっとしていたのなら、村人が気付かないはずもない。

崖の下では男二人が彼女を立たせ、腰にロープを巻いている。準備が整うと土井がロープを引いて言う。

「これから上がるよーっ」

清花が急いで確認すると、ロープは崖上の幹に引っかけられて、その先を阿久津が持っているだけだった。そのやり方では滑って危ない。清花は阿久津からロープを奪うと、肩から脇へ回して腰に巻き、さらに阿久津にも協力を仰いだ。崖下を覗《のぞ》き込んで、

「いいよーっ!」

と、腕を振る。土井と勇は前後で女性をフォローしながら、ゆっくり、ゆっくりと上がって来た。清花は彼女が滑って落ちないように加減しながらロープを引いた。蝉はかまわず大声で鳴き、風が木々を揺すっていく。がんばれー、気ぃつけろー、もう少しだー、阿久津の母親は崖の際に立ち、祈るように両手を握って励まし続ける。ずいぶん時間はかかったけれど、やがて土井の腕が木の幹を摑《つか》み、女性が引っ張り上げられて、最後に勇が登ってきた。女性の荷物を持っている。

平らな場所に立ったことを確認してから、土井は女性と一緒に地面に座った。

「ややあ、よかった！　助かった」

と、阿久津が言う。

お婆さんは俎板石に上げてあった水を取ってきて、ケガをした女性に差し出した。

「ありがとうございます……ありがとうございます」

女性は何度も礼を言い、渡された水を少しだけ飲んだ。

「あんたらがいてくれてよかったっぺ。どうだ、あ？　どこをケガした？　どっか痛《いて》えか？」

阿久津が親切に訊《き》いている。答えたのは土井だった。

「骨折はしていないようですが、落ちるときに足首を捻《ひね》ったようで、けっこう腫《は》れているので病院へ行ったほうがいいでしょう」

「じゃあ俺が」

と、勇が言った。

「村には診療所しかねえけども、そこまで行って救急車を呼んでもらうか」

「……ご迷惑をおかけして」

「あんた、ここまでなんで来た」

阿久津の問いに女性は答えた。

　まあ、じゃあ、とにかく診療所へ連れて行こうと阿久津が言うので、勇が女性を背中に負ぶって、先ほどの獣道を下りることにした。土井はロープを担ぎ、阿久津は母親をエスコートして、清花は女性の荷物を運ぶ。勇が滑って転ばないよう土井が先頭に行ってしまったので、清花はしんがりで一同を追いながら、前を行く阿久津に訊いてみた。

「ここへはよくお参りに来るんですか？」

「オババがな」

　と、阿久津は答えた。

「キャンプ場を見回る前にオババを道へ降ろしてくんだ。戻る頃には婆さんもお参りを終えているからちょうどいい」

「注連縄が張ってあったけど、あれが神社なんですか」

「違うよ。神社は村だって言ったべ」

「……じゃあ、あれは？」

　清花は振り返ってみたけれど、さっきの場所はもう見えない。

「んだからあれはヤマヒトさんが棲《す》んでた穴だ。注連縄の下に穴があってさ、だから、

「バスで来ました」

んー、なんだ、ほれ……神社は拝む場所つうか、こっちが神殿みたいなもんか。ヤマヒトさんを拝むったって、集落からこんなに離れちゃってちゃ具合が悪いべ」

なるほど。そして考える。穴には気付かなかったけれども、もしかすると子供はそこへ入ったのではなかろうか。穴の中で誰にも知られず冷たくなった子供の姿を想像すると、いても立ってもいられない。

「女の子がいなくなったとき、その穴も捜索したんでしょうか」

訊くと阿久津はちょいと振り向き、「したした」と頷《うなず》いた。

「一番先に捜したさ。キャンプ場から近いしな」

先頭では土井と勇が藪《やぶ》を抜け、清花の到着を待っている。彼女の荷物を渡さなければ家族に連絡もできないだろう。そう考えたとき不思議に思った。

「彼女は一人だったのかしら」

こんな山奥へ、女性が一人でなにしに来たのか。まさか子供を捨てに来て、その子がどこかにいるなんてことは……藪から出ると清花は女性にバッグを返し、ついでのように訊いてみた。

「ここへは一人でいらしたんですか？」

「はい」

と、彼女は静かに言った。

「私は」木下、と言いかけて、独身アラサー女性の設定であることを思い出す。

「土井清花と言います」

名乗ると女性は小さな声で、

「田中です」

と、頭を下げた。勇が車のドアを開け、助手席に彼女を座らせる。くじいた足は痛むようだが、体はきちんと動いている。

「後ろに二人乗れるかや？」

阿久津が訊いた。軽トラックに母親を乗せると土井があぶれてしまうからだ。

「大丈夫です」

と勇は言って、後部座席のドアを開ける。

「したら俺が案内するから、あとついてきて」

全員が車に乗ると、車体を何度も切り返してから、再び坂道を下りていく。

「勇くんがいて助かったなあー」

土井の言う通りだと清花も思った。

「お手数をおかけしてすみません。あの……シャツの袖《そで》を破いてしまって……」

女性は恐縮して頭を下げた。

「いやあ……袖のひとつやふたつ」

と、土井が格好を付けるので、

「袖は二つしかありませんけどね」

と、清花が言うと、

「下に着いたら素早かったですねえ」

と、勇も笑った。土井も勇もズボンが濡《ぬ》れたままだったので、そこに落ち葉や土が貼り付いて、シートや床が悲惨な状態だ。きれいに掃除をしなければ、とてもステーションに返せない。

「ほんとうにすみませんでした」

と、彼女が言うのを待ってから、

「トレッキングですか？」

と、土井が訊く。荷物のバッグは肩から提げる形のもので、履いているのも登山靴でなくスニーカーだ。山遊びの格好ではないが、勇も似たような服装ではある。年齢は清花より少し上だろうか、どことなく生活に疲れた感じがそう見せているだけで、本当は若いのかもしれないけれど。土井の問いに彼女は、と答えただけで、あとは口ごもってしまった。

「じゃ、あの場所を見に行ったんですか？　あれって有名な場所ですか？　ＳＮＳとかに載ってんのかな。俺はそういうの疎いんだけど、なんか、石像がたくさんありましたもんね——」

勇が明るい声で言う。

「——パワースポットってやつですか」

「大丈夫になったから……」

独り言のように彼女は呟《つぶや》き、

「……でも、罰が当たったんです」

そしてそのまま沈黙した。

会話を続けることが憚《はばか》られるほど、重苦しい沈黙だった。

村の診療所へ彼女を届けて勇の車に乗ると、阿久津が走って来て土井がいる助手席側の窓を叩《たた》いた。ウインドウを下げると阿久津が、

「……いえ」

「いやー、悪かったねえ。でも、ホント助かったべ」と言う。

「いえいえ、お役に立ててよかったですよ」

阿久津は腰を屈《かが》めて運転席を覗《のぞ》き込み、

「あんたも悪かったね」

と勇に言った。

「そうか。まだ紹介してなかったね。阿久津さん、前に言った『祭り好きな若いの』が彼です。三度の飯より祭りが好きで、仕込みするのも上手《うま》いから」

「丸山勇です」

勇はニコリと頭を下げた。

「ほうけ。俺はまた、あんたを土井さんの息子さんかと」

「じゃなくて職場の同僚ね。祭りの話をしたら、早速様子を見に来たんだよ」

土井が横からそう言うと、

「祭りもですけど、アサギマダラがいると聞いたんで、我慢できずに見に来ちゃいました。蝶《ちょう》が渡っていかないうちに」

勇は屈託のない笑顔を見せる。

「祭りもですけど、蝶も好きなんですよ」

「そりゃ、赤くて青くて黒い蝶かい？　あのデカいヤツ」

「そうです。飛んでいるのを見られました」

「蝶を見るのにずぶ濡れになったんかい」

阿久津が不思議そうな顔をするので、清花が後ろの席から、

「そうじゃなく、管理人さんの真似して魚を獲《と》ろうとして濡れたんです」

不手際をバラすと、阿久津は笑った。

「私も薪を集めていたけど、あれは焚《た》き火用になりそうね」

あとで様子を見に行ってやると言い置いて、阿久津は診療所へ戻っていった。

勇が車を発進させて、集落を出たとき清花は訊《き》いた。

「あれってどういう意味なんでしょう。大丈夫になったから、罰が当たったっていうのは。あの人はバスで来て、結局あそこでなにをしていたんでしょうか」

助手席から振り返って土井が言う。

「サーちゃんスマホ持ってる？」

「持ってますけど」

「じゃあさ、ちょっと検索してみてよ。田中星ちゃんの失踪《しっそう》事件を」

「いいですけど、それがなにか」

と言いかけて、清花は気付いた。女性もたしか田中と名乗った。

「そうか……田中って……まさか」

『牡鹿沼山　女児　行方不明』で検索すると、星ちゃん失踪後に両親が取材に応じた動画が見つかった。娘を見つけて欲しいとまくし立てているのは父親だが、その後ろで小さくなっている母親は、間違いなくさっきの女性であった。

「あの人って、田中昌子《まさこ》さんじゃないですか？　調書にあった星ちゃんのお母さん」

スマホを土井に渡して告げると、

「マジッすか」

と、勇も言った。

「うーん、やっぱり……そうじゃないかと思ったんだなー」

土井は動画を一通り確認してから清花に戻した。

「独りで捜していたんでしょうか。星ちゃんのことを」

「母親ってスゴいですねえ」

「そうかもしれない。そうじゃないかも」

土井は腕組みをして考えている。片袖がないので後ろから見ると滑稽《こっけい》でもある。

「管理人さんから話を聞いたら、あの場所にはヤマヒト神が棲《す》んでいた穴があるとか……俎板みたいな石の上に花や野菜なんかが供えてありました。あれ、管理人さんのお母さんがお供えしていたようですね。キャンプ場へ来るときに、あそこでお母さんを降ろすのが日課らしいです」

「なーるーほーどー。足腰丈夫そうだもんねえ。村のお年寄りたちは」

「ホントホント。道もスイスイ下りてましたもんね。俺だって膝《ひざ》に来そうだったのに」

「それは勇くん、彼女を背負っていたからでしょう」

勇はチラリと土井を見て、

「そういえば、さっきの人は軽かったですよ? ビックリするほど痩《や》せていました。あれ、どっか悪いんじゃないのかな。それとも心配のしすぎで、人はあんなに痩せちゃうのかな」

「娘は行方不明で、旦那《だんな》は急死ですもんね」

何の気なしにそう言ってから、何かが引っかかって清花は訊いた。

「……やっぱり子供を捨てたのかしら……でも旦那が死んで取り戻しに来た」

そして土井にこう訊いた。

「彼女のご主人はどうして亡くなったんでしたっけ」

「急性心臓死」と、土井は答えた。

「病死で決着してるってことだったよね？」

「その通りです」と、勇も答える。

「でも、死んだら心臓は止まるのよ」

「なにか怪しんでいるんですか？」

清花の中で、重大事件の捜査をしていた頃の血が騒ぎ始めていた。

「旧姓増田照美さんは二十年前に家族と山菜採りに来て失踪、家庭環境は父親が酒乱で暴力的。この父親は七年前に死亡している。照美さんがいつ戻ってきたのか不明だけれど、正男くんの出産間近には居住実態も確認できるようになっていた……万羽さんが調べてくれたら、ほかの失踪児童も家庭に問題を抱えていた」

「全部じゃないけどね」と、土井が言う。

「でもそれは、調査可能な分がそうだったというだけのことかもしれません」

「どういう意味ですか？」

清花は勇のほうへ身を乗り出した。

「家庭内の問題って表面化しにくいじゃない？　丸山くん、結婚は？」

「まだです」

「そうよね、なら教えてあげる。家族同士のいざこざは、深刻であればあるほど他人に言えないものなのよ。だって、誰かに悩みを打ち明けることは、家族の悪口を言うことだから。そもそも、そういう相手と結婚したという負い目があるし、自分の至らない部分も晒《さら》さなきゃならないし」

「そういうもんすかねえ……まあ、そういうものかもな……恋愛の悩み相談とかもそうっすもんね。なんつうか、かなり恥ずかしいですよね」

「親兄弟や親戚《しんせき》とかが絡んでくる場合もあるし」

「結婚って大変ですねえ」

軽く言うので笑ってしまった。

「この山で失踪した児童に家庭的な問題という共通点があったとしたら、田中昌子さんが言った『大丈夫になった』は、どんな意味だと思う？」

しばしの沈黙をしたあとに、

「……元凶の夫が死んだから」

土井は静かに呟《つぶや》いた。そして清花を振り返って「こわーい」と言った。

「やっ、冗談じゃなく、背筋がゾッとしちゃったもん。家が大変だから子供を捨てて、元凶の夫が急死したから、また子供を引き取りに来たってことでしょ。もしもあの人がそういう思考回路だったとしたら、ホラーだよね……こわーい」

「凶悪事件を扱っているとホラーな事実はごまんとあります。田中昌子がそういう思考の人間だったとしても、私は驚きませんけどね」

清花の言葉に土井は頷《うなず》く。土井も現場を知っているのだ。

「万羽さんに失踪児童の家族についても調べてもらおう。失踪事件後に死亡した家族がいるかどうか、その家族の立ち位置も含め」

「それはいいですけど……そういうのって、地取り捜査じゃないと——」

キャンプ場が見えてきた。勇はハンドルを切りながら首をすくめる。

「——データだけじゃわからないと思います」

「まあ、そうかもね」

「じゃ、俺が戻って調べないと……万羽さんがテンパると」

「たいへんだー」

土井は梅干しを食べたときのような顔をした。そして清花に訊いてくる。

「万羽さんって福々しい顔で優しそうだったでしょ？」

確かにそんな感じの女性だ。顔も物腰も喋《しゃべ》り方もおっとりしていた。

「だけど、キャパシティを超えちゃうと、ゴジラみたいに火を噴くんだよ」

「マンバ福子からヤマンバ福子に変身するんですよ。そうなった福子さんは怖いですからね。誰も彼女を止められないから」

「そもそも、それが原因でうちの班に来たんだけどね」

二人は交互に訴える。思ったとおりこの班は組織のはみ出し者で構成されて、脛《すね》に傷持つメンバーが集まっていると思われる。被疑者から怨《うら》みを買って自殺された自分に、エリートだったのに現場を蹴《け》って家族と旅に出かけた土井に、三度の飯より祭りが好きな青年に、お福さんからヤマンバに変身できる調査員。清花は愉快になってきた。そんな我らが警察にできなかったことをしようとしている。成果は挙げずに犯罪の根っ子を掘り下げるのだ。いいじゃない。

車は駐車場に入っていき、停車するなり、土井はすぐさま車を降りてキャンカーのほうへ走って行った。ロックを解除してドアを開け、車内に風を呼び込むと、通信室に顔を向け、

「万羽さんから連絡が来てたよ。飴《あめ》の包み紙についてた指紋の、鑑定可能な部分について、特徴点が田中昌子のものと一致したって」

「じゃ、母親はあの場所まで行っていたってことですね。子供の指紋は？」

「あったのは母親の指紋だけだ」

土井はやや首を傾げて、

「お地蔵さんが目印……ってことがあるのかな……」

独り言のように呟いた。

「指紋は一人分しか出なかったから、子供が一緒だったことの証明にはならない。でも、彼女は今日、あの場所でケガをした。子供の失踪《しっそう》時だけど、上の場所まで車で行くなら今日の道を通れば楽だ。でも、バス停前の防犯カメラに車は映っていなかった。車道を通って上まで行くとして、徒歩では時間がかかってしまう。ただし、お地蔵さんの近くに道があるなら」

「そうか」

と、清花も両手を合わせた。

「キャンプ場の防犯カメラには、トイレを出た星ちゃんが遊歩道のほうへ走って行く姿が映っていたってことでしたよね。星ちゃんの姿を捉《とら》えた記録はそれが最後で……」

そして勇のほうを見る。

「カメラに映らない場所からお母さんが手招いていたら、どうですか？」

「子供なら走っていきますね」

と、勇が答える。清花は土井を見て言った。

「ヤマヒト様に子供を預ける。そう言い訳をして子供を捨てる。子捨ての場所は村に近い神社ではなく、キャンプ場に近い山の中。山菜採りやワラビ採りの最中に寄ってもおかしくない。目印がお地蔵さんなら、母子《おやこ》はあのあたりで飴を食べ、お地蔵さんの脇から山へ入ったのかもしれない」

「え……じゃ結局、捨てられた子供はどうなったんですか」

と、勇が訊《き》いた。

「無事でいるとは思えない。母親でさえ昼間に崖《がけ》から落ちたのよ」

「でも、でも、じゃあ、『大丈夫になったから』はどういう意味になるんです？　あのお母さん、ナントカ様が本当に子供を預かったり返したりしてくれるって信じてたってことですか？　ガチホラーじゃないですか」

土井が車を降りてきて、ステップに腰を下ろした。

「信じていたのかなあ……ヤマヒト神に子供を預け、迎えに来たら返してくれると」

「そんな都合のいい話がありますか、あんなところに置き去りにされて、子供が、独りで、山の中で、どうやって生きられるっていうんです？」

清花は思わず熱くなる。どうしても桃香と重ねてしまうのだ。

「だけど増田照美は帰ってきたよね？　そうなると、ただの伝承じゃないのかも」

土井の言葉に清花は勇と視線を交わした。アサギマダラはもういない。その代わり、トンボがたくさん飛んでいる。土井はしばらく考えてから、顔を上げて勇を見た。

「勇くん。一度、サーちゃんを連れて帰ってくれない？」

「いいですけど」

「ここは交通の便が悪くてさ、バスと新幹線使っても、とんでもなく時間がかかっちゃうでしょ。それにサーちゃんはちっさい子のお母さんなんだよ。帰って地取りをしてくれないかな。ほら、万羽さんがヤマンバにならないように」

「あー……そうっすね」

と、勇は言った。

「だけど祭りは手伝いに来てよ。九月十日が祭礼で、前日に幟《のぼり》を立てるから、そのときはまた二人で頼むよ」

祭りまで四、五日しかないが、土井はその間に失踪児童の家庭事情と死亡者の有無を調べてこいと言う。そして村に戻って準備を手伝えと言うのである。

「部外者が祭りの手伝いなんてしてもいいんですか？」

「いいのいいの。若者の手が必要なんだから。あと、ほら、なんだっけ？　村のお婆さんが言ったんだよね？　村が寂れてさみしいから神様が子供をさらって行くって」

「げえ、オカルトじみてますねえ、怖くないですか」

寂しくて子供をさらう山の神も、祭りをすれば悪事をやめるというのだろうか。それなオカルト話を報告したとして、それで仕事になるものか。

清花は勇と一緒にシェアカーの内部を掃除してから、都内へ戻ることにした。

キャンプ場を出るとき、土井は再び沢に入って、獲《と》れない魚を追いかけていた。集めた薪が勿体《もったい》ないのでどうしても一匹は捕まえて、捌《さば》き方はわからないから丸ごと焼いて食べるのだという。

「食べられるといいけど……土井さん、わりとトロいんだよな」

勇は笑いながらキャンプ場を出発した。

「丸山くん、ちょっとお願いがあるんだけど」

助手席から清花は言った。

「いいですよ。なんですか?」

「帰りに村を通るでしょ? そしたら村に温泉施設があるんだけど、ちょっとだけ寄って欲しいのよ。昨日お風呂《ふろ》へ行ったとき、地場産品コーナーに髪飾りが売られていて、娘にお土産を買いたいんだけど、ダメかしら」

「お安いご用です」

勇はニタニタ笑いながら、

「警部補は怖い人だと聞いていたけど、実は優しいお母さんだったんですね」

と言った。

「なにそれ、怖い人って誰から聞いたの」

「誰って、みんな言ってましたよ？　木下警部補は神奈川県警の捜査一課で班を仕切っていた猛者《もさ》だって。神奈川県警といえばトップクラスじゃないですか。本部長は警視監だし、広報課長は警視正になる出世コースで……」

「配属部署と『怖い』って評価は別ものじゃない？」

突っ込むと勇は小指の先で眉《まゆ》を掻《か》き、

「まあ、そっか」と、呑気《のんき》に言った。

「女性ながらに神奈川県警捜査一課の班長に抜擢《ばってき》……でも、それが今では山奥でイワナとチョウチョと遊んでるのよ」

外の景色を見ながら言うと、勇は清花を振り向いて、

「もしかして、この班の仕事が厭《いや》ですか？」と訊いた。

「自分でもよくわからないのよ。こういうやり方に戸惑っている部分もあるけれど……一番は、飛ばされた怨《うら》みかなあ……まだ状況を消化できていないのね」

「はー……警部補は怨みがあるんすか」

窓の外は森ばかり。木漏れ日が細いカーテンのようにヒダを作って、下草が真っ白に照っている。自分は誰を怨んでいるのだろうと考えて、

「自殺した被疑者かなあ……誰かを怨んでいるんだとしたら」

と、清花は答えた。

「あ、それは完全に無駄っすね」

勇が白い歯を見せたので、清花は少しムッとした。

「だって被疑者は死んでいて、警部補が怨もうと何をしようと、怖がりもしなきゃ驚きもしないんですよ？　それなのに怨んで厭な気持ちになるとか、勿体ないじゃないですか。相手のいない土俵で勝手に相撲をとってるようなもんですよ」

そして清花を横目で見ると、

「え？　まさか警部補、オバケとか信じるタイプですか」

と真顔で訊いた。清花は苦笑してしまう。

「信じるタイプじゃ全然ないわ。それと、警部補っていうのやめてくれない？　山の中でそう呼ばれてもね」

謙遜《けんそん》して言ったのに、「そうですね」と、勇は答えた。

「じゃ、木下さんでいいですか」

「それもダメ。私は土井さんの姪《めい》で、アラサー独身のキャリア女って設定だから……清花さんでいいわ」

「あー、じゃ、子供さんがいない設定だから、お土産に買う髪飾りも自分用ってことですね」

悪びれもせずに鋭いことを言ってくる。かわいいものを買おうと思っていたのにどうしようかと真面目に考え、そんな自分に笑ってしまった。

「かわいいのが好きなアラサーだっているわ。そうでしょ？」

そうですね、と、勇が笑っているうちに、村の温泉施設に着いた。

「星ちゃんのママは治療を終えて帰ったかしら」

「どうかなあ。誰かに電話して迎えに来てもらうとしても、ご主人だって亡くなっているし。ちょっと診療所へ行って聞いてきますか？」

「やめたほうがいいわ。怪しまれるから」

答えると勇は清花を見下ろし、ニコニコしながら「ですね」と言った。

このタイプは部下にいなかった。捜査一課の若手はみな前のめりでギラギラしていたが、勇は飄々《ひょうひょう》として、のほほんとしている。けれど会話の端々に鋭さが見え隠れする。利口なのかバカなのか、できるのかそうでないのか、読めないタイプは初めてだ。

観光客よろしく地場産品売り場へ入って行くと、ちょうど手作り品のコーナーで品物の入れ替えをしていた。お年寄りばかりの村だと思っていたのに、品出しをしているのは四十代くらいの女性である。髪にターバンを巻いて、スモックドレスを着ていてお洒落《しゃれ》だ。

「こんにちは」

清花は自ら声をかけていく。

「あ、こんにちは」

コサージュやイヤリングを飾る手を止めて、女性はニッコリ微笑んだ。

桃香に買って帰ろうとした髪飾りは、色も種類も増えている。リボンがレースで編まれているので、柔らかく繊細でかわいらしい。

「これ、かわいいですよね。全部手作りなんですか？　え、もしかして作家さんですか？」

訊《き》くと女性は頷《うなず》いた。

「私を含め、何人かで作っています。なるべく自然のものを使って」

「へえ、すげえな。これって材料が全部村で採れたりするものですか」

勇が横から訊《たず》ねると、女性は首を左右に振った。

「いえ。こちらのドライフラワーは村の植物がメインですけど、やっぱり色を差したいもので既製品も足したりしてます。日光市に工房があって、週に一回商品を搬入に来るんです」

「村のおばあちゃんたちが作ったわけじゃないんですね」

「草履とかボロ織りとかはそうですよ」

女性は布草履を指して言う。

「このコーナーはご厚意で置かせて頂いてるんです。私たちは女性支援のNPOで、問題を抱える女性たちを支援しています。これは彼女たちが技術を学ぶ過程で制作したもので、デパートや百貨店にも卸していますが、ちょっと形がいびつだったり、編みムラが出たりしたものを道の駅や地場産品市場で売ってるんです」

清花はリボンとブローチを手に取った。

「そうだったんですね。どうりでおばあちゃんのセンスじゃないと思った」

「なにげにおばあちゃんディスってますけど」

勇はそう言いながら優しい色合いのコサージュを手に取った。

「これ、万羽さんっぽい色だと思いません？」

白と薄紫と淡いピンクの花は、寝ぼけた色合いが確かに福子を思わせる。清花と勇はコーナーからいくつかを買い、ついでに団体の名称を教えてもらった。都内のデパートでも商品を探してみたいというのは口実で、刑事の勘でピンときたからだ。

ほかに夫や義母《はは》への土産も買い込んでから、車に乗るなり清花は言った。

「丸山くん、気がついた？」

勇はエンジンをかけて「え」と訊く。清花はすでにスマホでNPOを検索していた。

「気がついたって、なんですか？」

車はゆっくり走り出す。村を出て、国道へ向かう途中で清花は言った。

「失踪《しっそう》児童がこの村へ来た切っ掛けよ。ヤマヒト様に子供を預けるという言い訳で子供たちが捨てられたとして、『なぜあの山だったのか』は疑問じゃない？　田中星ちゃんのママは村営キャンプ場を知っていた。だけどネットやSNSを調べてもキャンプ場なんか出てこない。なのにどうしてここへ来て、しかもあの場所を知ってたの？」

「ですよねえ」

「だけど村の施設には女性支援のNPOが出入りしている。これを見て」

と、スマホを出しかけ、勇が運転中だということに気がついて引っ込めた。

「ごめん。この団体のサイトを見ると、色々な支援をしているようなの。貧困家庭の援助もそうだし、DVや依存症、PTSDに苦しむ女性たちの支援としてセミナーや会合を頻繁に開いている。失踪児童の保護者たちは色々なところから村へ来ていたけれど、この団体から情報を得ていたんじゃないかしら」

「なるほど。じゃ、話を聞きにいってみますか？」

勇は言って、路肩に停車した。自分のスマホからナビを呼び出し、日光市にあるという工房の場所をインプットした。本部は都内にあるようだが、日光市なら高速に乗る前に寄っていける。山裾《やますそ》の平らな場所に身を寄せ合うようにして存在する集落を眺めつつ、清花と勇は工房を目指した。


その団体は『エフ』という。女性を表すfemaleからとった名称のようだ。工房は、そう呼ぶのは大げさなくらいの、ただの古い民家であった。表札や看板らしきものはなく、戸口にFを模した羽根のマークがあるだけだ。建物の前に車が停まると、中から割烹着《かっぽうぎ》ふうのエプロンを着けた年配の女性が一人出てきた。

清花と勇は車を降りた。こういうときはスーツだったらよかったのだけれど、悲しいかな二人ともレジャーに行くような出《い》で立ちだ。

「ごめんください」

と頭を下げると、女性は訝《いぶか》しげな顔をしながらも「はい」と答えた。

「ちょっとお伺いしたいことがあって来ました」

「なんでしょう」

清花が村で買って来た髪飾りを出すと、女性はたちまちニッコリ笑って、「はいはい」と言う。商品を買い付けに来たとでも思ったのだろう。

「実はいま、牡鹿沼山キャンプ場からこちらへ来たんですけど」

「はいはい」

「こちらの団体では女性支援をしているそうですね」

「アクセサリーを作る工房がこちらだと伺ったものですから――」

隣から勇が言う。

「――就労支援の一環で、技術を学べると聞きました」

「はい。手作業なら空いた時間にできますし、外に働きに出なくてもいいので……状況によって所在を明らかにできない女性もいますからね」

なんの話に来たのだろうと女性は訝しげな表情だ。

「そうなんですね。それで、お伺いしたいのは、牡鹿沼山村の……」

怪しい質問をしているなあと思いつつ、清花は訊いた。

「ヤマヒト様って、ご存じですか？」

すると女性はニコニコしながら、「もちろんです」と頷いた。

「『ヤマヒトさまの子だくさん』ですね。それが団体の前身ですから」

清花は両足を揃えて姿勢を正し、

「実は私、牡鹿沼山周辺で児童が消える理由を調べているんです」

「まあ」

女性は痛々しい面持ちになった。

「テレビのニュースなどでご存じだと思いますけど、この夏に女の子がひとり行方不明になってるんです」

「もちろん知ってます。利用者さんの娘さんですし」

「田中昌子さんをご存じですか」

「ええ」

と、女性は頷いた。

「昌子さんはうちに通って三年になります。ご主人の暴力がひどくて、星ちゃんにも暴力を振るうので、離婚したいと言っていましたが」

ダメなんですよね、と、声を潜めた。

「そうしたケースは多いですけど、なかなか難しいです。昌子さんも一度は決心して星ちゃんとシェルターに逃げたんですが、見つかって連れ戻されたんです。難しいのは、家庭内のことはなかなか外に出ないので……ご主人は饒舌《じょうぜつ》で社交的で……そういう面ばかり見せるので」

「ヤマヒト様の子だくさんというのは牡鹿沼山のことですか？　それってどういう話なんでしょうか」

女性はエプロンで手を拭《ふ》くと、

「ちょっとお待ち下さい」

と言って建物の中に入っていった。

しばらくすると表紙がボロボロになった一冊の本を持って戻った。色上質紙に墨一色で刷られた表紙には、『ヤマヒトさまの子だくさん』とタイトルがある。その古い本には、拙《つたな》い絵とともにヤマヒト神と子供たちの話が書かれていた。腹掛けひとつに『ととっ毛』を生やした子供がヤマヒト神に髷《まげ》を預けて好き放題に遊ぶ様子や、大勢の子供に囲まれた山姥《やまんば》の姿、その山姥が里の娘のお産を手伝ったり、老齢夫婦の畑仕事を山姥の子供が助けるシーンなどが描かれていた。

「牡鹿沼山村に伝わる話を集めたものです。古い本ですが、工房に置いてあって誰でも読むことができるので」

――この子あげます。この子あげます――

それがヤマヒト神を呼ぶ呪文《じゅもん》だという。呼んでいるのは貧しい姿の両親で、不安そうな子供たちが両親の着物の裾《すそ》を摑《つか》んでいる。彼らの前には洞穴があり、周囲には石像や丸い石や四角い石が。洞穴には注連縄《しめなわ》が張られている。

あの場所だ、と清花は思った。

「この子いらないって書いてあります」

すると彼女は他の頁を開いて見せた。

様子がよくなった両親の許《もと》へ子供たちが帰るシーンだ。穴の前にはサイコロのような石が置かれていて、子供たちを抱いた母親が笑顔で涙を流している。

「うちの団体の前身は牡鹿沼山村の『子守講《こもりこう》』なんですよ。栄養不足で乳が出ないとか、様々な事情で育てられない子供を村全体で育てる仕組みです。時代が変わってそういうことはなくなりましたが、今では別の問題がありますね。ひとり親世帯が増えたり、貧困やDVや若すぎる妊娠……ここはNPOの認証をうけて団体名を『エフ』に変えたんですが、やっていることは同じで、ヤマヒトさんが子供を預かって育てたように、不幸な子供や母親を助ける活動をしています」

「洞穴の前にあるサイコロみたいな石はなんですか？」

女性は本を覗《のぞ》き込み、

「預けた子供を返して欲しくなったら、その石を洞穴の前に置くんです。そうすると村祭りの夜に子供が帰ってくると言い伝えられているようですが……この本を書いたお婆ちゃんがいたんですけど、もう亡くなってしまいました」

「こちらに出入りしていればこの本を読めるんですね？」

「そうですけど、もうボロボロですから」

と、女性は笑い、

「今は紙芝居があって、イベントなどで発表しています」

なるほど。あの山の伝承を広めていたのはSNSではなくて紙芝居だったのか。

本にはさらに不思議な絵があった。山の植物を積み上げて、上半身裸の山姥が薬研《やげん》を扱う姿が描かれている。薬ができるのを待つ人々もいる。

「これはなんの絵でしょうか」

「そのお婆ちゃんから聞いた話ですけど、ヤマヒトさんとは山に暮らす人のことで、山のことに詳しくて、薬草とかの知識を伝えたそうです。いいヤマヒトさんもいれば、村の鶏や穀物を盗んで行く人もいて、色々な話があったそうです。そのお婆ちゃんがまだお元気ならよかったんですけどね。本当に色んなことをご存じでしたよ」

他の失踪《しっそう》児童の家族のことも訊《き》きたかったが、あまり古い時代のことまではわからないと言う。清花は胸で舌打ちをした。

女性に礼を言って車に戻るとき、

「大収穫ね」

と、勇に言った。土井に電話して経過を伝える。田中昌子がヤマヒト伝承を知ったのはNPOの施設である可能性が高いと言うと、

「なーるーほーどー」

と、土井は答えた。

「三歳の兄と二歳の妹が失踪した母親も、若すぎるシングルマザーだったよね。その団体と接点があってもおかしくないということかー」

「それで田中昌子ですが、子供を返してもらうために洞穴の前に石を置こうとしていたんじゃないかと思うんです。あの場所は周囲に石像があったじゃないですか」

「ありましたたねえ。なんかガチャガチャいろんな石が」

運転席から勇が言う。清花は電話で土井に伝えた。

「中にサイコロみたいな石があって、ヤマヒト様に預けた子供を返して欲しくなったとき、洞穴の前にサイコロ石を置けば、祭りの夜に子供が帰るというんです」

「祭りの夜に！」

土井は言い、

「でもまさか、ヤマヒト様がホントにいると思ってるわけじゃないですよね」

と、勇が訊いた。清花は勇を見て言った。

「思ってなかったけど、わからなくなってきた」

次には電話の土井に向かって、

「土井さん、あの場所を調べてもらえませんか？　洞穴は本当にあるんでしょうか。今朝はよく見ませんでしたが、あるとしたら今も誰かが住んでいて、子供を拉致《らち》していないでしょうか」

「原始人じゃあるまいし、穴蔵に住んでるっていうのがもうね」

勇の話で土井の声がよく聞こえない。

「昔、人が住んでいたような洞穴ならば、中が鍾乳洞《しょうにゅうどう》とか迷路になっていて、子供がそこへ迷い込んだ可能性があるんじゃないかって。子供は視線が低いから、大人が思いもしない場所へ入って行くことだってあるし」

「でも、そこは捜したわけですよね？」

「そうだけど……」

「もしもーし」

と、土井が言う。

「阿久津さんが来たら話を聞いてみる。じゃあね、サーちゃん。魚が焦げそうだから」

「えっ、魚、獲《と》れたんですか？」

清花がそう訊いたのに、土井は通話を切ってしまった。

「一人で魚を焼いて食べているわよ」

眉間《みけん》に縦皺《たてじわ》を刻んで勇に告げると、

「うわ悔しい」

と、勇も言った。

車は一路高速道路を目指し、都会の街の景色の上には、一面のいわし雲が浮かんでいた。

第五章　牡鹿沼山村ヤマヒト神祭礼譚《たん》

勇は神奈川のマンションまで清花を送って来てくれた。さらに、祭り前日はキャンプ場へ行くためにピックアップしてくれると言う。この若者がなぜ捜査に加わったのか、土井は連絡係だと言ったけど、子供がいる清花を案じて交通の便が悪い現場と自宅を行き来しやすいように呼んだのではないかと思ったりした。それとも他に理由があるかと考えたとき、清花は、自分よりも勇のほうが圧倒的に他者の懐に入り込みやすいということを認めた。勇も土井も人たらしだ。そして自分はそれができない。

刑事に必要な資質は悪を憎んで追い詰める信念だと思ってきたけれど、実は他者と関わって心の奥を聞き出すことのほうがもっと大切なのかもしれない。潜入捜査班のメンバーと関わるうちに、事件が起きてからでなければ捜査できない警察の矛盾を嘆きつつ、では何をどうするべきなのかという視点が完全に欠如していた自分を知った。

文句を言うだけでは何も変えることができない。本気でやろうと思ったら、手探りでもいいから行動しなければ。土井はそれをしようとしている。もちろん自分もやらねばならない。子供たちを一人でも救えるというのなら。

失踪児童の家族についての聞き込みは手分けして行うこととして、車を降りてからも清花はしばらく勇を見送った。

マンションに帰ると家人は留守で、義母《はは》は桃香を学童保育所まで迎えに行ってくれているらしかった。ダイニングテーブルには今日のおやつが準備されていて、義母の家庭人としての優秀さを知る。自分と勉と桃香だけの家庭だったら、菓子を買い込んでおやつにし、夕食は時々デリバリーで、勉とケンカしながら真夜中に学校の必要品を用意していたことだろう。

テーブルにお土産を載せてシャワーを浴びた。現場の屍臭《ししゅう》や厭《いや》な気配を流すためではなく、単純に汗を流すためのシャワーは久しぶりだ。

ヤマヒトさまの子だくさん。それはコミュニティ全体で子供を育てていた頃の昔話だ。すれ違う人ごとに挨拶《あいさつ》を交わし、死ぬも生きるも運命共同体だった時代の、あり得ないほど優しい話だ。

熱めの湯で髪を洗いながら考える。その時代の人たちは他人とでも運命共同体を築けたというのに、家族間でそれができない自分たちはなんなのだろうと。シャワーのあと、清花は浴室をきれいに拭《ふ》いた。それをしてくれていたのは誰なのか。小さな家のなかであっても、人は誰かの助けを借りて生きている。当然なことなどひとつもないのに、どうしてそれに気がつかなかったか。職場が変わって時間にゆとりができたとしても、自分が融通のきかない性格だから、『楽になってよかったわね』とは言われたくなかった。今まではそんなふうに考えたことがない。

家族四人で夕食を摂《と》り、洗い物を終えると、桃香と再び風呂《ふろ》に入った。勉と義母をリビングに残すと自分の内緒話をされているのではないかと不安になったが、だからどうだというのだろう。家族が家族の話をしている。ただそれだけのことだったのに。留守の間に起きたあれこれを桃香は喋《しゃべ》り続けて、そして最後にこう訊いた。

「ママはどうですか? 悪い人、やっつけた?」

清花はなんのこだわりもなく「やっつけたよー」と桃香に言った。

「ママすごーい」

桃香が喜んでくれるから、やり甲斐《がい》をもって仕事をしてきた。でも、本当にそうなのか。刑事の自分がすべきこと、それは悪人をやっつけることではなくて、悲しむ人を作り出さないことではないか。桃香と同じ歳の星ちゃんは、山に捨てられて消息を絶った。おそらく生きてはいないだろう。母親は独り山に来て、罰が当たったんですと呟《つぶや》いた。何の罰が当たったというのか。山に子供を預けたことか、それとも父親の暴力を止められなかったことか。息子を刺し殺そうとした本堂結羽のように。

「あっ」

清花の脳裏にひらめくことがあった。

「ママどうしたの？」

なんでもない、と、答えたけれど、清花はすぐに風呂を上がって、自分がパジャマに着替える前に、娘の体にタオルを巻いてリビングへ行かせた。そうすれば勉が桃香の髪を拭き、着替えを助けてくれるからだ。パジャマ姿でリビングへ行くと、桃香は頭にタオルを巻いたまま、ソファでアイスクリームを食べていた。

「ごめんなさい。ちょっと調べなきゃならないことが……」

勉はチラリと清花を見ると、蝿でも追い払うように手を振った。

傷ついても、唇を嚙《か》めば我慢ができる。清花は寝室に入ってノートパソコンを立ち上げた。鞄《かばん》から新しいグミを出し、袋を破いてデスクに置いた。手づかみで何個か口に入れ、自然死と間違われやすい毒を探した。田中昌子の夫は急性心臓死だ。本堂照美の父親も七年前に死亡している。様々な味と香りが口中にして、甘いゼラチンの塊が互いを押し合いへし合いしている。清花は昼にNPO施設で見た本の、山姥《やまんば》が薬研《やげん》を扱うシーンが気になったのだ。

「あった……心臓障害を起こす植物毒」

ジギタリスはゴマノハグサ科でコンフリーと間違えやすいと書かれている。

「ほかにスズラン、万年青《おもと》、福寿草、クリスマスローズ……普通に花壇にある花ばかりね。でも、中毒は起こしても死亡するとは限らないのか」

次には食中毒で検索してみた。

多く引っかかってくるのは毒キノコだった。キノコは猛毒を持つ種もあるが、症状が激しいので自然死には見えないはずだ。トリカブト……これとフグ毒を組み合わせ、遅効性の毒にしてアリバイ工作に使用された例が過去にある。

『山、自然毒』で調べると、カエルやマムシや蜂など植物以外の情報も出てきた。山で植物毒や、その知識を手に入れられたとしても、田中家の父親が死んだのは山じゃない。清花はさらに検索を重ねた。

「……水仙」

全身に電気が走った。水仙ならばどこにでもあるし、すぐ手に入る。知識だけあればいい。星ちゃんが失踪《しっそう》したとき、両親が自宅の前で報道関係者の取材に応じていた。田中昌子の顔を確認するため土井に見せた映像を再び探すと、喋り倒している夫の後ろに昌子の姿が映っていて、背後が集合住宅だった。建物の前に花壇があって、草や木が生えている。水仙もあるかもしれない。

「水仙は葉を摂取しても嘔吐《おうと》すれば致死量に達しないが、鱗茎は特に毒成分が多く一〇グラム程度で死に至る場合もある。水仙の食中毒が春先に多く発生するのはニラと間違えて食べる事案が多いからである」

摂取すると三十分程度で、悪心、下痢、嘔吐、発汗、頭痛、昏睡《こんすい》などの症状が出る。嘔吐できればいいが、父親は泥酔していた。嘔吐物が気管に詰まれば窒息するし、昏睡状態で放置されれば急死する。

──大丈夫になったから──

母親の言葉が蘇《よみがえ》る。清花は勇に電話をかけた。

「ふわーい」

と、眠そうな声がする。

「丸山くん？　木下だけど」

「はい」

「ちょっと聞きたいんだけど、田中星ちゃん失踪について、キャンプに参加した三家族の地取り捜査をしたわよね？　田中家では兄妹《きょうだい》二人が死亡していて、宇都宮市から日光市へ越してきたばかりだったと言ってたじゃない？」

口の中が空になったので、今度は選んでミカン味をつまんだ。

「言いましたけど」

「聞き込みはアパート周辺でしたのよね」

「アパートというか、市の公営住宅です」

「そのとき近くに水仙がなかったかしら」

「え、水仙ですか？　水仙って、あの水仙？　黄色とかの花が咲く」

「そうよ。気がつかなかった？」

勇は数秒沈黙してから、

「清花さんって、マジ自然とかに興味ないんすね」と言った。

「水仙は新春の花で、しかも球根植物ですよ。花が終わって球根が太れば、葉っぱを落としてしまうんで、この時期は何もないですよ？　チューリップと同じというか、地上に葉っぱはないんです」

そうなのか、知らなかった。清花はグミを歯茎とほっぺたの間へ押し込んだ。

では、直接現地で聞き込む以外ないということだ。

勇との通話を切ってから、次には土井に電話した。

「失踪児童の母親たちは『ヤマヒト様』と接触している可能性があるかもしれません」

「え。どういうこと？」

「まだ、どういうこととも言えないのですが、明日、田中昌子の自宅へ行ってみるつもりです。ヤマヒト神の伝承は、思ったよりもずっと母親たちに浸透している可能性があります。子供を預ける以外にも、薬草や自然毒などの知識も教わっていたんじゃないかと思って」

「誰から？　ヤマヒト神？」

「そうです」

土井は訊《き》いた。

「サーちゃん、神様と人間を混同してない？」

「何かわかったら連絡します。そちらはどうですか」

「星がきれいだ」

と土井が言うので、三秒待たずに電話を切った。

山の魅力も、ゆっくりと流れる時間のよさもわかってきたけど、真相に一歩近づいたと感じる瞬間のほうが、ずっと好きだと清花は思った。

翌朝は桃香を集団登校の場所まで送っていって、部屋に戻るときエレベーターを降りてきた勉をエントランスで見送った。勉の態度は相変わらず素っ気ないものだったけど、少しずつでいいから理解してもらいたい。前よりは時間に余裕があるし、殺害現場へ臨場するような部署でもないから。

出かける前に可能な家事をすべてやり、スーツに着替えて家を出た。昨夜開封したグミは食べ終えてしまったので、どこかで補充することにした。久しぶりにバッグを担いで、失踪児童に関する資料を持ち出し、先《ま》ずは田中昌子の住所へ向かう。勇はシェアカーを利用していたが、清花は駅前でレンタカーを借りる。車を使えば片道二時間半程度で日光市まで行けるはずだ。

薄曇りではっきりしない天気の朝だった。田中家が住んでいるのは市の公営住宅で、老朽化が進んでいた。昭和に建てられたタイプで各棟の前に花壇がある。そしてほとんどすべての花壇に見栄えのしない植物が植えられていた。勇から聞いたとおり、水仙なんか影も形もない。清花は新しいグミを開け、桃味とリンゴ味を選んで口に入れ、田中家が居住する棟から人が出てくるのを待った。

　田中家が住んでいるのはA棟の二〇三号室だ。一階に集合ポストがあって、宅配ピザや塾のチラシがはみ出している。ポストと床の間には色褪《いろあ》せた三輪車や砂場遊びの道具があって、床に枯れ葉が吹きだまっていた。二階を見上げて田中家を探すと、破れた障子とサッシの隙間に割り箸《ばし》やゲームソフトの空き箱やエロ本が挟まっている部屋がある。あれがおそらく田中家だ。障子の破れ目から天井が見えたが、照明が斜めになってぶら下がっている。メディアの前で熱弁を振るっていた父親の顔を思い出し、後ろで小さくなっていた母親の姿に納得する。あの部屋で、星ちゃんはどんな生活をしていたのだろう。

　隣の棟の出入口からステッキを持った老人が出てきたので、声をかけてみた。

「あの、すみません。ちょっと教えて欲しいんですが」

　老人は遠目に清花を見て言った。

「なんですか」

「ここの花壇に水仙の花ってありますか」

　変なことを聞く女だなという顔を、老人はした。花壇とは名ばかりの土の庭だ。何かの野菜らしきものが植えられているほかは、雑草や背の低い木などが茂っている。

「水仙？　水仙なんてあんた、そこら中に植わっているよ」

「そうなんですか？　その花壇にも？」

「あったと思うよ。そっちにも、こっちにも」

清花は密《ひそ》かに拳《こぶし》を握る。そして、行きかけた老人を呼び止めた。

「すみません。もう一つだけ」

老人はあからさまに面倒くさそうな顔で振り向いた。

「花壇のお掃除とか草取りとかは、住んでる人が協力してやるんでしょうか」

「そうだけど……若い人はあまり出てくれないねえ。なんだい、あんた、部屋でも探しているの？」

「ええ。まあ」

老人はステッキで花壇を指した。

「見ればわかるでしょ。誰も手を入れないから草ボウボウのゴミだらけだ」

「たしかに」

「花壇なんて言ってもさ、勝手にナスやキュウリを植え込んで、ろくな野菜も取れなくて、こうやってほっぽらかしになってるんだよ」

老人は田中家の窓をチラリと見上げた。

「あんたもまあ……あれだなあ……団地はご近所さんを選べないから、よく調べてから契約した方がいいよ」

そして清花に向かって声をひそめた。

「気味の悪い家もあるからさ……花壇に死骸《しがい》を埋めたりね」

「え？」

眉《まゆ》をひそめると、老人は花壇の隅をステッキで指した。

「越してきたばかりの奥さんが、あのへんに何か埋めてたんだよ。気になって声をかけたんだ。そうしたら、鳥が落ちて死んでいたから埋めているって言うんだけどさ、なんかちょっと、まじないでもしているみたいで気味悪かったな……その家じゃ娘さんが行方不明になって……そしたら、旦那《だんな》さんもこないだ死んだ」

老人は親切そうな顔になり、

「気を付けなくちゃいけないよ」

と、清花に言った。

「ありがとうございます」

清花は老人が去るのを待ってA棟の花壇に踏み入った。花壇の端にスズカケの木があって、建物の間に広げた枝に鈴のような実をぶら下げている。その根元に土が掘り返された痕跡《こんせき》がある。バッグを探してボールペンを出し、それで地面を掘り返してみると、鳥の死骸はどこにもなくて、タマネギのような球根が現れた。タマネギだろうか、水仙かもしれない。清花は塊からひとつを割り取ると、ハンカチに包んでバッグに入れた。もしもこれが水仙で、致死量が一〇グラムなら、この小さな一球で二人程度は殺せるわけだ。

次に訪れたのは若いシングルマザーの住所だった。二〇一四年に三歳の兄と二歳の妹を車中に残してトイレに行ったら、子供たちがいなくなっていたという。

予測していたとおり、当時の住所にはすでに別人が住んでいた。そこで清花は近所の保育園を当たってみることにした。八年も前なので彼らのことを覚えている人がいるかわからなかったが、一縷《いちる》の望みを持って根気強く探していくと、お寺が経営している保育園で兄妹《きょうだい》を知る保育士を見つけることができた。子供たちはそれぞれセイタちゃんとユカリちゃんといい、一緒に園に通っていた。名前の文字は忘れたと保育士は言う。

保育園はお昼寝の時間だった。

教室に並べた布団で眠る子供たちを見ながら、年配の保育士は、

「あれから八年も経ったんですねえ」

と、感慨深げに溜息《ためいき》を吐いた。保育士は女性で、丸いメガネにふくよかな顔、スプーンおばさんのような雰囲気を持っていた。

「お母さんのことも覚えています。私の息子より若かったので。でも、頑張って育てていましたよ。あの当時まだ二十歳そこそこで……独りで子供を二人も育てるなんて無理ですよ。実家のお祖母《ばあ》ちゃんやお祖父《じい》ちゃんに協力してもらったらどうかと言ったこともありましたけど、お母さん自身が被虐待児童だったということで、お家《うち》とは疎遠のままだったんです」

お母さん自身が被虐待児童？　清花は保育士に訊《き》いてみた。

「そのお母さんですが、子供たちのことは可愛がっていましたか？」

「ええ。それはもう……若いのに頑張って、よくやっていましたよ。自分がそういう生い立ちなので子供に同じ思いはさせたくないと、痛々しいほど頑張って、すり切れていくのが心配でした」

「そうなんですね。では、そのお母さんは、たとえば女性支援のNPO団体とつながりがあったりしませんでしたか？　『エフ』という団体ですけど、お聞きになったことは――」

「さあ」

と、保育士は首を傾げた。

「――自立支援のためにアクセサリーを作ったり、その技術を教えたり、様々な活動をしているようですが」

「アクセサリーなら、セイちゃんのお母さんは得意でしたね。園のバザーに何点か、手作り品を寄付してくれました。ドライフラワーを使ったものとか、レース編みの髪飾りとか、とても素敵で人気があって、直接お願いして作ってもらう職員やママさんたちもいたほどでした」

「手編みのレースでリボンになったような品ですか？」

「そうです、そうです。ほかにもイヤリングとか」

あの品だ、と、清花は思った。

「子供たちの失踪《しっそう》については何かお聞きになっていませんか」

「いいえ。園でも心配して、お父さんたちがボランティアで捜索に加わったりもしましたけど、結局見つかりませんでした。そのあとのことは……だってほら……」

と、保育士は声を潜めた。

「子供たちがいなくなってすぐ……すぐと言っても、いなくなったのが夏だったから、秋頃だったと思いますけど……セイちゃんたちのお母さんが亡くなったんですよ。自殺だと聞いています」

「え」

と、清花は声を潜めた。保育士は痛ましそうに頷《うなず》いた。

「練炭自殺です。ちょっとニュースにもなりましたけど、ネットで知り合った人たちと、車で練炭自殺をしたんです。噂ですけど、お母さんは借金があって、子供たちの父親の連帯保証人になっていたって。父親と言っても籍は入っていなかったようですし、子供たちのこと、認知もしていなかったんですよ」

「……自殺した」

「心配していたとおりになってしまいました。生き甲斐だった子供たちを失ったんです。なんとかしてあげられたらよかったんですけど……」

保育士の言葉に、清花は暗い気持ちで保育園を出た。このケースも元夫や愛人が死亡しているのではと疑ったのだが、まさか母親が死んでいたとは。

祭りの日まであとわずか。いなくなった子供たちはどこへ消えたのか。清花はヤマヒト神の洞穴近くに散在していた石像について考えた。まさか、まさかとは思うけど、あれが子供たちのお墓だったということはないのだろうか。

追い詰められた大人があそこへ子供を連れてくる。死んでもかまわないと思って置き去りにするか、あるいはその場で子供を手にかけて、死体を穴の中に捨て、後に懺《ざん》悔《げ》の気持ちから石像を納めに来る。石像は大きなものでも四、五十センチ。背負って運べない重さではない。だとすれば祭りの夜に子供が戻るという言い伝えは生身の子供を指すのではなく、魂が帰ってくるという意味かもしれない。

――村が寂れてさみしいから、ヤマヒトさんが子供をさらう――

子供をさらうのは子供だ。あの山で死んだ子供らが、次の子供を呼び寄せる。

もう一度あそこへ行って穴の中を調べなければ。


ヒトシ叔父《おじ》ちゃんが村のお世話になったお礼に祭りの準備を手伝うという口実で、清花と勇は翌早朝に再び牡鹿沼山キャンプ場へ向かった。前日に幟《のぼり》を立てるという話だったので、一日前に到着すればヤマヒト神の洞穴を調べられると思ったからだ。

ところが村に入ったとたん、土井のキャンカーが温泉施設に駐《と》められているのに気がついた。清花と勇は顔を見合わせ、施設の駐車場へ入っていった。

まだ昼前だというのに、駐車場はほぼ満杯だ。イベントでもやっているのかと思ったら、村の人たちが集まって祭り準備の打ち合わせをしているのだった。施設は公民館を兼ねていて、風呂《ふろ》に来る人たちが休憩する畳の広間が会議場になっていた。部屋を覗《のぞ》くと部外者の土井が村人よろしく座っていたので、清花たちは呆《あき》れてしまった。

人の間を縫いながら土井の近くまで行くと、

「おお。来てくれたーっ、助かったぁ」

土井は眉尻《まゆじり》を下げて笑った。雛壇《ひなだん》にいるのは村の長老三名と宮司らしき老人一名だ。ヤマヒト神の祭礼は宵宮《よいみや》に始まり、宮おろしと奉納まで足かけ三日に亘《わた》って執り行うものらしい。洞穴を調べに来たと清花がコッソリ囁《ささや》くと、

「今は無理だよ」

と、土井は答えた。すでに注連縄《しめなわ》が張り替えられて供物が置かれ、村の人たちが次々にお参りに来ていると言う。清花がイメージする祭りは縁日と花火と獅子舞《ししまい》くらいのもので、何日もかけて行う神事だという根本的な部分にはまったく意識が向いていなかった。幟を立てるだけでなく、祭壇や神楽殿《かぐらでん》の組み立てから、舞を舞う人の着付け、提灯《ちょうちん》の竿立《さおだ》てに取り付け、供物の手配に食事の準備、どれを取っても人手なしには立ちゆかない。

「昔は総出でやったんだろうし、楽しみでもあったんだろうけど、これでも今はずいぶん簡素化したんだってさ」

「村の衆、今年はな、助《すけ》っ人《と》がおるんでよ」

雛壇にいた老人が土井に目を向けて立てと言う。土井は照れながら立ち上がった。

「村営キャンプ場に来ている土井さんだ。今年は『竿立て』や幟の始末を手伝ってくれると言うんでな、よろしくお願いしますよ」

村人たちの注目が集まる。土井は清花と勇も無理矢理立たせて、

「ども。土井です。夫婦喧嘩《げんか》でキャンプ場にお世話になっているうちに、お祭りの話を聞いたので……タダでキャンプ場を使わせて頂いたお礼にお手伝いすることになりました。こちらは同僚と姪《めい》っ子です」

「どうぞよろしくお願いします」

清花と勇も頭を下げた。

「よーく神さんにお参りして、家に帰れるようにしてもらいな」

「山の神さんだけに、かみさんには効くっぺよ」

わーははははは、と人々は笑い、拍手が湧いた。

みんなに紹介されてしまったら、洞穴を調べる時間は完全に取れない。清花はやれ

やれと土井を睨《にら》んだ。

米を炊いて握り飯を作り、煮物をこしらえて漬物を切る。麦茶は大きなヤカンで煮出し、麦を漉《こ》したらヤカンのままで提供する。勇と土井が力仕事に行ってしまうと、清花は村の女たちに交じって炊き出しをした。村の女衆は若手と呼ばれる女性でも六十代。最年長のお婆ちゃんは百歳に手が届くと聞いて驚いた。腰は曲がっているけれど、干しゼンマイの煮物が入った大鍋《おおなべ》を自在に操っているからだ。もちろん阿久津の母親もいて、こちらは万事に目端を利かせ、段取りや采配《さいはい》に余念がなかった。

祭りの準備が始まると、村では各家で食事を作らず同じ炊き出しを食べるのだという。女たちは各々得意な料理があって、なんとなく分担も決まってしまう。清花は握り飯役だが、桃香の弁当くらいしか作ったことがなかったので、大釜《おおがま》で炊かれた飯を見るのも初めてなら、わっしわっしと豪快にごはんを握るのも初めてだった。塩だけで握ったごはんなのに、隣に漬物が置かれると、どうしてこんなにおいしそうに見えるのだろう。ここでは握り飯同士がくっつかないよう、それを笹の葉で包む。笹の葉には抗菌効果があって食中毒を防ぐのだと、阿久津の母親が教えてくれた。

「だから笹寿司《ささずし》とかあるんですね」

感心して言うと、

「昔の知恵だあ」

と笑った。

「なんでも山にあるもんを工夫して使うんだべや。昔からな、婆様連中によくよく言われたことだども、知らねえ葉っぱは決して食べもんに使っちゃなんねえと。あるときな、山でみつけた大きい葉っぱで握り飯を包んだ人がいて、毒に当たって死んだというよ」

「そういえば」

清花は阿久津の婆様に訊《き》いてみた。

「タマネギにも野生ってあるんでしょうか」

「たまねぎのやせいぃーっ?」

隣の女性が眉《まゆ》をひそめた。

「見つけたんですけど、食べられるのかなって」

興味深そうな顔をするので、清花は手を洗って、バッグからあの球根を持って来た。手のひらに載せて差し出すと、阿久津の母親が、

「こりゃ、タマネギじゃなくて水仙だねえか」

と、言った。

「こんなの食べたら死んじゃうよ。色と形じゃわからねえけど、匂いを嗅《か》いだらすぐわかる」

なるほど。嗅ぐとタマネギの匂いはしない。逆にタマネギに混ぜて調理すれば、食べさせられるということだ。

「あんた、食べんでよかったねえ」

「山菜もキノコも、そっくりで毒なのあるからさ、気ぃ付けねえとえんがみるよ」

「うわ……危なかったー」

と、清花は胸をなで下ろし、

「皆さんはどうして詳しいんですか？」と訊いた。

「そりゃ、山に住んでりゃヤマヒトさんの知恵が身につくべ。食べれるもんと食べれねえもんと、知っていなけりゃ危ねっぺ」

村の子守講が前身だという団体『エフ』と接点があれば、その知恵も授かれるということか。知識があれば悪用もでき、しかも自然毒は誤食が多いため犯罪の立証が難しい。瞬間、清花は刑事の目つきになったが、自分ではそれに気付けなかった。

わずか一日。たったそれだけで村は祭りの仕様に変わった。

その祭りは縁日に店を出す香具師《やし》が大挙して来るのでも、イベントを知らせる花火が打ち上げられるのでもなくて、山間《やまあい》に点在する集落の人々が神社を祀《まつ》る集落に集まってきて同じ釜の飯を喰《く》い、それぞれができる範囲のことをして、ケの日からハレの日へと村落に装いを施すことだった。

温泉施設と村役場が置かれた地域が周辺ではもっとも大きな集落であり、祭礼期間が始まると、早朝からたくさんの人が集まってきて準備を進めた。ヤマヒト神を祀る神社の参道には見上げるばかりの幟《のぼり》が立てられ、ボロボロの布に墨書きされた『御祭礼』や『牡鹿沼山神神社《おがぬまやまがみじんじゃ》』の文字が秋空にはためいた。こうした幟は招代《おぎしろ》と呼ばれ、神様がこれを目印に降りてくるので、高く大きく立てるのだという。

家々の軒下にも『御祭礼』や『献灯』と書かれた提灯が下がり、子供の好きな菓子やオモチャが置かれたり、軒から下げられたりしている。こうしたものを飾っておくとヤマヒトさんが喜んで、子供の土産に持ち帰るという。

「ガキんときはこれが楽しみでな」

阿久津はこの捧《ささ》げ物が村祭りの楽しみのひとつだったと目を細めている。

「え。持って帰るのは神様じゃなくて、村の子供たちだったってこと？」

清花が訊くと、「夢のないこと言うなあ」と、阿久津は笑った。

「大人が子供の土産に取ったりさ、子供が自分で取ったりしたけど、上の子たちが見回って、ちゃーんとみんなで話してさ、くじをひいたり、じゃんけんしたり、がめるようなことはなかったもんだ」

「ちゃんと統制が取れていたんですねえ」

祭りの準備が整った村を案内してもらいながら、勇も感心して言った。

「村中みんな家族みたいなもんだっぺ？　したら、あんぽんたんなことはできねえよ。小せえ村とはそういうもんだべ」

「いい村ですねえ……いい村だ」

鎮守の森に守られた小さな神社の鳥居の下で、土井がしみじみ呟《つぶや》いた。


祭りのあれこれで忙しいので、宵宮の夜はキャンプ場でなく温泉施設の駐車場にキャンカーを駐《と》められることになった。なんなら施設の休憩所に泊まっていけばいいと言われて、土井と勇は畳の間で座布団を枕に眠ると決めたが、清花はその部屋に酒や肴《さかな》を準備していたので、眠れるはずはないと訝《いぶか》った。清花の母の実家が長野県の千曲《ちくま》市にあるが、山深い里の祭りは男中心で執り行われ、祭礼の前後には一升酒が付き物と相場が決まっていたからだ。男女平等の世の中になっても、そのあたりは今も変わらない。

宵宮の晩は日が暮れても村に外灯の明かりが点《つ》かず、そのかわり、家々の軒に下がった提灯《ちょうちん》に火が灯《とも》された。村落の人たちはほとんどが神社に集まっているため、村には家々の明かりもなくて、山里は幻想的な雰囲気に包まれている。

居並ぶ提灯や灯籠《とうろう》の明かりが村落と神社を結んでいく。どこかで聞こえるお囃子《はやし》は、慶事があった家々を神楽《かぐら》が回って悪鬼祓《ばら》いをする音だという。見れば闇の中の高い位置に提灯を灯した纏《まとい》が動く。お囃子の音に混じってゆうらゆうらと闇に灯った纏の明かりは、人魂《ひとだま》とも違うし、月とも違う。不思議で見入ってしまう妖《あや》しさがあり、人間が灯したものとは思えない。

「昔はさ、集落ごとに神楽を舞ってさ、悪鬼祓いを済ませた後に、神社へ集結して祭りの開催を告げたんだあ」

目を細めて薄闇の村を眺めながら阿久津が言う。

「そのときさ、『勇《いさみ》』っちう、ゴッツい神楽を舞うんだわ」

「え、俺も勇なんですけど、ゴッツいんですか、その舞は?」

「ほうけ、あんたは優男だがな、そっちの舞はゴツいもゴツいで、今はもう舞い手がいなくなっちまったが……昔はよ、毎晩集会場に集まって、技を競ってさ、そりゃ賑《にぎ》やかなもんだったぁ」

闇の中、提灯を下げた人々の群れが神社を目指して進んで行く。スマホのライトや懐中電灯など文明の利器を使わないのは、ヤマヒト神が女性で、しかもあまり器量のよくない老婆の姿をしているために、強い明かりを嫌うからだと阿久津は言った。

「なんだか神秘的ね」

清花が言うと、

「暗いから参拝の人たちが躓《つまず》いて転ばないよう、昼のうちに道を点検したんですよ」

と、勇も言った。

「ま、村のもんは道もよく知ってるけどな、神社の石段は危ねえから、あっこだけは提灯いっぺえ並べてな」

村の夜は濃い針葉樹の香りがしている。闇に浮かぶ光は村で一番尊い場所へと人々を誘《いざな》う道標《みちしるべ》だ。家々の間を纏の明かりが、現れたり隠れたりしながら近づいてくる。それを持つのが人だとしても、月明かりの下に見え隠れする光と影は人ならざるものの気配を纏《まと》う。ほんとうに、神が祭りに入り込んでいるようだ。

ヒーロロロ……ピーヒャララ……トンツク、トンツク、トンツクトン……神楽が行く道と清花らが歩く道とは神社の手前で重なるので、笛の音や太鼓の音が次第に大きく聞こえてくる。

「いいっすねえー、神楽の音って」

勇は太鼓に合わせてしきりに腕を振っている。持ってもいないバチの動きが見えそうだ。

「実は俺、ちょっと和太鼓やってるんすよ」

得意げな顔でニッと笑った。

「おお、そうなのか。じゃ、ぜひ村に移住してきてうちの神楽も習ってくれや。神楽に勇に獅子舞《ししまい》に……ここのは色々あるんだべ」

「え、そうですか」

デヘへと笑い、真剣な顔で悩んでいる。

「うーん……かなり魅力的だな……飯は旨《うま》いし、温泉あるし、魚も獲《と》れるし、チョウチョもいるし……」

四方八方から提灯の明かりが神社を目指す。寂れて何もない村だと思っていたけど、この村だからこそ宵宮の光景は素晴らしい。空と地上を分ける山のシルエットに赤い光が並んで浮かび、別世界にいるようだ。人々が灯す提灯の多さを見ているうちに、清花はふと考えた。

この村に、これほどまでに大勢の人がいたのだろうか。

神隠しに遭った子供らが祭りの夜には帰ると聞いた。あれは本当に提灯の火か、それとも山で死んだ子供たちの魂が交じっているのだろうか。

「あー……ちょいとねえ、あんたらに言っとくことがあるんだわ」

間もなく鳥居という場所で、阿久津は不意に足を止め、真剣な眼差《まなざ》しをこちらへ向けた。

「土井さんたちを信用しねえわけじゃねえけど……祭りの準備も手伝ってもらってよ、だから宵宮にも連れてくんだけどさ」

頬のあたりをカリカリ搔《か》いて、首に掛けていた手ぬぐいで鼻を拭《ぬぐ》う。

「ちょっとな、宵宮じゃあ奇妙な儀式があるんだよ……だけどもそれを見たからっていって、面白おかしく吹聴しねえでもらいてえんだ。こんな山ん中にはさ、余所《よそ》から人が来ることもなかったんだけども、今はほら、簡単に通信できるでしょ？　そんでもって、土井さんみたいな人が来てもらうのはかまわねえけど、やたらめったら面白がって人が来てもさ」

「たしかにねえ……マナーの悪い人が徒《いたずら》に来ても困りますもんね」

土井の言葉に、阿久津は続ける。

「それもだけどよ、一番は、村っていうのは『いいとこ』を残さねえとならねえからよ。ここは寂れちゃいるけども、ホントにホントにいい村だから」

「ホントにホントにいい村だと思います。お祭りに参加できて光栄です」

明るく元気に勇が頷《うなず》く。阿久津は笑い、

「まあさ、祭りがどうとか吹聴すると、あんぽんたんが寄って来て、好き勝手にかんまされても困っちゃうから」

「わかりました。撮影もしませんし、もちろんネットにアップもしません」

土井は清花と勇を見て「ね？」と訊《き》く。清花たちは頷いた。

「あ」

と、勇が声を上げたのは、神社の境内に火柱が立ったからだった。突然に燃え上がった炎が空の一部を赤々と照らし出している。

「心配ねえって。境内の大松明《たいまつ》に火が点いたんだー」

鳥居をくぐって先へ行く人々の明かりが忙《せわ》しく動く。おそらく神事が始まるのだろう。神楽に代わって激しい太鼓が打ち鳴らされる。勇は瞳《ひとみ》を輝かせ、

「なんか始まりましたよ」

と、阿久津に言った。

「ああ、俺、たぶん打てますね。カッコいいリズムだなあ」

じっとしていられないというように腕を振る。祭り好きなのは本当らしい。

「あれが勇っちゅうお囃子だべ。若い衆が大勢いた頃は、あれを舞ったらモテたもんだが、今は纏を回すだけだ」

人々の列に交じって鳥居をくぐり、神社への石段を上っていく。ここまで来るともはや提灯は必要なくて、境内に燃える大松明の火と石段を照らす提灯の明かりが、ヤマヒト神の坐《まし》す場所を赤く照らし出していた。社殿前の広場に櫓《やぐら》が組まれて注連縄《しめなわ》が張られ、その中心に立てられた大松明が赤々と燃えている。周囲には纏を持った人たちがいて、頭上に竿《さお》をかざして回しながら、炎の周囲を練り歩く。馬簾《ばれん》がクルクル翻り、松明から火の粉が舞い上がる。その光は赤い蛍のように天空高く飛び立って行く。

さっきはずいぶん人が多いと思ったけれど、火明かりに浮かんで見えるのはやはり年嵩《としかさ》の顔ばかりである。たまに若い家族が交じるのは、村を出た息子や娘だろうか。拝殿の脇でお囃子《はやし》を奏しているのも高齢の人々だ。炎は星空を赤々と照らす。樹脂が燃える匂いに山の匂いが重なって、激しいリズムが恍惚《こうこつかん》感を引き起こす。

これは魔術だと清花は思った。日本の山村に根付く魔法の儀式だ。闇と光とハレの日というシチュエーションが相まって、村を異界に変えていく。それは都会の祭りとは非なるもの。心を縛る魔術の夜だ。

突然纏《まとい》の演技が終わる。炎を上げていた大松明が燃え尽きて、赤黒い熾火《おきび》に変わった。境内が暗くなったのに話し声さえ聞こえない。お囃子は止んだが太鼓の音は続いていて、境内に集まった人々は誰ひとり動くことなくそこにいる。

そのときだった。みな一様に持っている提灯の火を吹き消した。

たちまち境内は闇に包まれ、見えるのは呼吸するかのような熾火の赤さと、氏子たちの濡《ぬ》れたような眼だけになった。一体なにが始まるというのか。たぶんこれが、阿久津が吹聴しないで欲しいと言った儀式なのだろう。

しばらくすると太鼓も止んで、笛の音が静かに聞こえてきた。高く、低く鳴り響く。まるで異界の何かを招くかのように。

拝殿脇の暗がりから、白装束の村人たちが菰《こも》を抱いて現れた。祭りに参加するのは男ばかりと思っていたが、現れたのは三人の女性で、よく見れば菰は抱いているわけでなく、自分の体に巻き付けているのだった。村では、若いと言われる女性でも六十歳は過ぎている。その彼女らが草鞋《わらじ》を脱いで熾火の三方に立つと、菰を持ち上げて顔を隠した。神主が現れて祝詞《のりと》を唱える。すると次には農具や稲穂や供物などを捧《ささ》げ持った男たちがやって来て、女たちを取り巻いて回り始めた。一方向へ回りつつ、女の前まで来ると向き合って腰を振る。ピー……ヒョロロロロー……トン、トン、トンックトン……再びお囃子が始まった。静かに、微《かす》かに、鳴っている。音は次第に激しくなって、男たちの動きも盛んになった。原始的で淫靡《いんび》で卑猥《ひわい》な動きだ。

「……なんなの」

密《ひそ》やかな声で清花は呟《つぶや》く。吹聴するなと言うのはこのことだ。奇妙な回転はまだ続く。祝詞の声が朗々と響く。

「婚姻儀礼じゃないのかな」

と、土井が言う。

「祭りの多くは五穀豊穣《ごこくほうじょう》と子孫繁栄を願うもの。だから、これは、もしかして、子宝に恵まれない夫婦のための儀式かもしれない」

清花も勇もどういうことかわからない。明かりがないのですべてが暗く、石段に灯った提灯に土井の顔がぼんやり浮かんでいるのみだ。儀式の人々の顔も判別不可能で、奇妙な影だけが回り蠢《うごめ》く。

「この村の話か定かじゃないけど、人口を絶やさぬ為に祭りの夜は素性を隠した男女が交わる儀礼があったと聞いたことがある。互いに後腐れがないよう女性は菰に入って素性を隠し、交わる男も複数で、子供を授かると夫婦の子として育てたらしいよ。夜這《よば》いが一般的だった時代だからね、コミュニティで諍《いさか》いを起こさないための奇策でもあり、家系を絶やさぬためにも必要だったことらしい。子供は労働力で、家を継ぐ宝。今みたいに不妊治療もなかった時代の話だけどね」

「だから闇の中なのか……なんか凄《すさ》まじい話だなあ……恋愛とか言ってる今の俺らは、確かにちょっと引いちゃうというか、逆に現実味があるっていうか」

勇が呟く。

「子供ができないと、女だけが責められた時代よ。でも、本当にどっちのせいかは、調べてみなけりゃわからないじゃない。だけどこの方法なら、男も女もプライドを守れたのかもしれない」

「個人よりも家やコミュニティが優先された時代ってことだね」

「むしろ進んでいたってことっすか……あれ？」

勇が土井に頭を寄せて、耳のあたりで囁《ささや》いた。

「土井さん……あれって田中昌子じゃないですか？」

勇の視線が向く先に、清花も目を凝らしてみた。

人垣は儀式を取り囲むようにして神社の境内を埋めているのだが、石段を上りきった場所のすぐ脇に痩《や》せた女性が立っていた。他の人々は儀式の様子を見守っているが、その女性だけは両手を合わせて祈っている。

「間違いないわ。田中昌子よ」

清花は水仙毒のことを考えた。DV夫の多くは家事一切を妻に強要する。だから彼女が言われるままに酒を用意してつまみを作り、タマネギと球根を料理して酒乱の夫に食べさせたとする。三十分後に異変が起きても夫は泥酔状態で吐くこともできず、嘔吐物《おうと》を喉《のど》に詰まらせて窒息するか、毒で死ぬ。救急車を呼んでも疑念を持たれることはない。夫の酒乱は周知のことで、医師も所見に疑問はもたないだろう。もちろん清花にもそれを立証する術《すべ》はない。これは清花の刑事の勘が状況に鑑《かんが》みて警鐘を鳴らした予見に過ぎない。闇の中で両手を合わせる痩せた女は夜叉《やしゃ》の顔をしていない。それでも彼女は子供を山に捨てに来た。そんな女が今さら何を祈るのか。

笛の音の調子が変わったとき、田中昌子は目を開けて、すがるようにどこかを見つめた。視線を追うと拝殿の賽銭《さいせん》箱を見ているようだ。提灯の明かりもそこまでは届かず、賽銭箱の周囲には闇の濃淡があるだけだ。けれどもよくよく目を凝らしていると、子供のように見えてきた。一人ではない。何人もいる。大きい子も、小さい子も。

「ねえ、あそこに子供が立ってない？　神社の正面、賽銭箱のあたりに」

清花が訊《き》くと、勇が答えた。

「どこ？　あ、ホントだ……子供に見えるけど猿かな？　お地蔵さんかも」

「そんなわけない。よく見てよ」

思わず言うと土井が叱った。

「大きな声を出すんじゃないよ。祭りの夜には子供が帰ってくるんだよ？　ぼくらはそれを確かめに来たのに、子供がいるって騒ぐの変でしょ」

「でも、だって——」

と、清花が言っているうちに、田中昌子の姿は消えた。

もう一度賽銭箱のあたりを見ると、そこには軒に下がった本坪鈴《ほんつぼすず》の色褪《いろあ》せた綱があるばかりだ。帰って来た子供の魂を見たのだろうか。そう考えると、水を浴びせられたように背筋が凍った。

奇妙な儀式が終わると、菰が脱ぎ捨てられて熾火の中に投げ込まれた。菰は赤々と火を立てて燃え、人々はその火を提灯に頂いて神社の境内から去って行った。ヤマヒト神の火を持ち帰り、かまどに移して赤飯を炊き、御利益を頂戴《ちょうだい》するのだという。

逞《たくま》しいというか、なんと言おうか、なにひとつ無駄にしない儀式の流れにひたすら感心してしまう。これも山姥《やまんば》の知恵だというなら、確かに山の神様だ。

見物人の行列は神社を出るとそれぞれの集落へ散っていったが、祭りの役を務めた者らは温泉施設の休憩場で、ねぎらいの席に集まった。清花もその席に呼ばれたが、少し接待を手伝って夕食を食べたら、村の人たちから浴びるほど酒を飲まされている土井と勇をその場に残し、そそくさと温泉に浸《つ》かってキャンカーへ逃げた。

ソファを動かしてベッドを作り、通信室から福子に捜査状況のメールを送り、歯を磨きながら家に電話をかけた。そして夫が電話に出るまでの短い間に考えた。もしも私か勉のどちらかが不妊で、今夜の儀式のようなやり方で私が子供を授かったとして、彼はそれを受け入れただろうかと。勉なら子供はいらないと言うはずだ。もしくは養子を迎えようと言うだろう。肉の交わりを持たない子供をヤマヒト様は受け入れる。そして死体を山に置く。山のどこかに子供たちは眠っているのだ。星ちゃんも骨になってそこにいるのだろうか。そこに、たぶん洞穴に。考えていると、

「マーマー？　ママですか？」

夫は一度も電話に出ずに、かわいらしい声で桃香が訊いた。電話するのが遅くなってしまったから、寝ているところを起こしたのだろう。

「ママですよー。寝てたの？　ごめんね。ママ、電話する時間を間違えちゃった」

「いいよ。ゆるしてあげる」

　と、桃香は言った。

「でも、桃香の声が聞けてよかった。大好きだからね」

「桃ちゃんもよかった。だいすきですよ」

　自分を桃ちゃんと呼ぶのは甘えたいときだ。自宅待機の間は家にいたから、また出張になって寂しい思いをさせたかもしれない。今回の一件が決着したら代休を取ろう。この部署ならば取れそうだ。

　おやすみを言って電話を切ると、寝る前に温泉施設のトイレに寄った。

　土井や勇がいる休憩場からは、宴たけなわの酒盛りの声が響いていた。


　コツコツ。

　コツコツコツ、と、音がする。清花は森のアカゲラが幹を突《つつ》いている夢を見ていた。コツコツ。コツコツ。夢ではないと気がついて、飛び起きた。土井だろうか、勇かな？　寝ぼけ眼で耳をすますと、ノックの音はかなり下の位置から聞こえる。

「いま開けます」

ベッドを下りてロックを外し、ドアを開けると、外は朝靄《あさもや》で煙っていた。土井か勇だとばかり思っていたのに、二人はいない。朝靄は白い裳裾《もすそ》をひくように中空を漂って、山も集落も霞《かす》んでいる。まるで水に溶かしたミルクの中にいるようだ。

確かにノックの音がしたのに。

清花は身を乗り出した。すると、車の脇に小さな女の子が立っていたのでギョッとした。桃香と同じか、少し小さいくらいの子だ。キャラクター付きの桃色のシャツにチェックのズボン。赤いデッキシューズにサイズの大きいジャンパーを羽織って、肩のあたりまである髪は朝靄で湿った毛先がカールしていた。清花は驚いて車を降りて、一緒にいるはずの大人を探したが、朝早いこともあり施設の駐車場は空だった。

「おはよう。お母さんは？」

訊くと女の子は首を振る。

「お父さんは？」

また首を振っている。清花はしゃがんで子供と視線の高さを合わせた。

「お名前は？」

「たなかひかり」

と、彼女は答えた。その瞬間、世界がグラリと歪《ゆが》んだ気がした。

たなかひかり？　田中星？　それは小柄で痩せた子だった。清花を見る目つきはオドオドとして、けれど心の強さを感じさせる光を放っていた。その子は自分の足で立ち、自分の口で名前を言った。はっきりと。

失踪《しっそう》児童の行方不明者届には失踪時の服装などが書かれている。写真も添付されるが、それは失踪時のものとは限らない。田中星ちゃんの失踪時の服装は頭に叩《たた》き込んであるけれど、見れば赤いデッキシューズ以外は失踪時と全く違う服装だ。手を差し伸べると清花の手に触れてきたので、清花は幼女の小さな手を自分の両手で包み込んだ。冷えて冷たい手であった。

抱き上げてドアを開け、車内に入れてベッドに座らせ、タオルケットで体を包んだ。隣に掛けてスマホを出して、土井に電話したのに応答しない。次には勇を呼び出してみたが、やはり電話に出てくれない。通信を切って清花は訊いた。

「お腹空《す》いてる？」

幼女はコクンと頷《うなず》いた。温かいココアかミルクがあればいいのに、土井の車には百草茶とコーヒーしか積まれていない。食べ物はインスタント麺《めん》だけだし……。

「あ」と清花は気がついて、ドアを閉めるとキッチンで湯を沸かし、ぬるめの百草茶にハチミツをたっぷり入れて子供に飲ませた。この子が落ち着いたら施設へ行って、食べ物と飲み物を調達しよう。

両手でカップをしっかり持ってお茶を飲む幼女を見ていた。田中星は六歳で、桃香と同じ歳のはず。けれどこの子は痩《や》せていて、捨て猫みたいな目をしている。

「おいしい？」

と、訊くと頷いた。

それは確かに生きた人間の子で、洞穴へその骨を探しに行こうと決めた本人だ。清花はこの子の母親が祭りに来ていたことを思い出した。まさか本当に帰ってくると信じていたのか。彼女はどうしてそう思えたのか。そういえば、前に土井が言っていた。田中昌子が崖《がけ》から落ちてケガをしたとき、夫が死んだから迎えに来たのではないかと。あのときは、『こわーい』とふざけた調子だったけど、土井はこの子が帰ってくるのを知っていたとは言えないだろうか。

もう一度土井に電話をしたが、呼び出し音が鳴ったあと、『電話に出ることができません』というメッセージが流れて不安になった。

子供がお茶を飲み終えるのを待って言う。

「私はサーちゃん。よろしくね」

子供は頷いただけだった。

「ちょっと体に触らせて」

小さな手を引き寄せてジャンパーの袖《そで》をめくってみる。肘《ひじ》から下はきれいなものだ。靴を脱がせる振りをしてズボンの裾《すそ》もめくってみた。膝《ひざ》には治りかけの痣《あざ》があったが、それより上を見るためには服を脱がせるほかはない。清花は少し考えて、

「お風呂《ふろ》へいく？」

と、訊《き》いてみた。幼女は首を左右に振った。また考えて、こう訊いた。

「ヨーグルト好き？」

今度は深く頷いた。施設のロビーに乳製品の自販機があったはず。清花はスマホをポケットに入れ、財布から小銭を出すと、少し考えてから伸縮自在の特殊警棒を腰に挿し、上着で隠してドアを開けた。幼女を抱き下ろして手をつなぎ、朝靄の中を施設に向かう。正面玄関に辿《たど》り着いたが、施錠してある。中に土井たちがいるはずなのに扉は開かない。通用口まで行ってみたが、そちらも施錠されていた。

「やだ。なんなのよ」

スマホを出して土井にかけると、室内で呼び出し音が鳴り出した。

子供を抱えて植え込みに入り、休憩所の窓から覗《のぞ》くと、酒宴の部屋で大の字になって酔い潰《つぶ》れている土井と、うつ伏せで寝ている勇が見えた。村の長老たちは誰もいな

い。清花は呼び出しをしながら窓をガンガンと拳《こぶし》で叩いた。死んでいるのかと思ったら、勇が先に目を開けて、まったく緊張感のない顔でこちらを見た。

清花はさらに窓を叩いた。

シャツの裾に手を突っ込んで、腹を掻《か》きながら勇がやって来る。鍵《かぎ》を外して窓を開け、呑気《のんき》な声で、

「おはようございます」と、言った。

「おはようございますじゃないわよ！　なんで電話に出ないのよ！」

棘《とげ》のある声で言ってから、抱いている子供が体を硬くしたのを感じて反省した。

この子はたぶん大人の怒鳴り声に敏感だ。それをわかっていたはずなのに、つい、大声を出してしまった。室内から酒臭いニオイが噴出してくる。清花は子供を抱き直して言った。

「入口の鍵を開けてちょうだい。この子にヨーグルトを買いたいんだから」

「わかりました……ててて……頭いてぇ」

「飲み過ぎよ」

そう言い捨てて正面玄関へと戻る。勇は鍵を開けてから、

「清花さんの娘さんっすか」

寝ぼけた笑顔を幼女に向けた。

「そうじゃないのよ。土井さんは？」

「一升酒喰らって寝てますよ。いやあ、爺《じい》さんたち、酒が強いのなんのって」

「顔洗ってうがいしてきて。すごいニオイだから」

「すんません」

勇をトイレへ追いやると、清花は自販機でヨーグルトを買い、施設の入口をロックした。ベンチで子供にヨーグルトを食べさせて、休憩所へ土井を起こしにいくと、鳥の巣のように絡まった髪を掻きながら、土井は座布団にあぐらをかいていた。

「来て、叔父《おじ》ちゃん。大変なのよ」

するとと土井はこう訊いた。

「子供が帰って来たのかな？」

第六章　子捨ての杜《もり》の秘密

　まだ職員が来ていない施設の中で、部外者三人と子供がひとり、座布団に座って対《たい》峙《じ》しているのは、いかにも奇妙な光景だった。村の人たちは人がいいのかのんびりなのか、それとも簡単に目が覚めないほど土井と勇に酒を飲ましたつもりだったのだろうか。時刻は午前六時半。朝靄《あさもや》は次第に晴れて、山際に日が差してきていた。

「ひーかーりーちゃん」

　もさもさ頭に無精ひげ、メガネの奥から潤んだ瞳《ひとみ》で子供を見つめ、ニコニコしながら土井が訊く。

「ここへは誰と来たのかなー？」

「お姉ちゃん」

　と、子供は答えた。土井は清花を指さした。

「このお姉ちゃん？」

子供は首を左右に振った。

「お姉ちゃんと、お兄ちゃん」

言い直す。

「あと、セイちゃんとユカちゃん」

清花たちは視線を交わした。

「ここに来る前はどこにいたの？」

子供は山を指さした。

「独りでいたの？」

今度は首を左右に振って、

「みんなで」

と、答えた。昨晩の宴会で残ったつまみのスルメを、勇にもらって舐《な》めている。

「お洋服はどうしたの？　これ、星ちゃんのお洋服じゃないわよね？」

今度は首を傾げている。どう答えるべきかわからないのだ。

「どうします？　万羽さんに連絡しますか？」

訊くと、土井は指を立てて清花に言った。

「サーちゃんさ、ロビーに村の施設一覧が貼ってあるから、村営キャンプ場の電話にかけて、阿久津さんを呼んでくれない？　子供が見つかったと伝えてよ」

「いいんですか？　ていうか、ここは警察に連絡すべきじゃ」

土井は苦笑し、自分を指した。その指を清花と勇に順繰りに向ける。警察ならここにいるじゃないかと言っているのだ。その通りではある。

子供は勇と遊んでいる。二人でスルメを舐めながら、唾液《だえき》で白くなった部分を比べて笑っている。何が面白いのか清花にはまったくわからないが、勇もメチャクチャ面白そうで、転がる勢いで笑い合っている。土井も二人のほうへ行き、舐めては出したスルメを見ながら、お兄ちゃんが勝ちー、とか、星ちゃんが勝ちーっ、とか、手を叩《たた》いて盛り上げている。清花は彼らを残してロビーへ急いだ。

無人のロビーでポスターを探し、キャンプ場に電話をかけると、管理棟のないキャンプ場の電話は直接阿久津につながった。

「おお、土井さん家《ち》のサーちゃんか。ゆんべは遅くまでありがとな」

「管理人さん、大変です。私、いま温泉のロビーにいるんですけど、朝早く、駐車場に女の子が来て」

「ふんふん」と、阿久津は言った。

「それが、どうも迷子のようで、大人が誰もついていなくて、もしかしたらキャンプ場からいなくなった子かもしれないんです」

「なんだってえ」

と、阿久津は訊いた。

「名前を訊いたらそのようなんです。いまは叔父ちゃんたちと遊んでます。あと、お腹を空《す》かせているようで、自販機のヨーグルトは食べさせたけど、うちの車はインスタントラーメンしかなくて、残っているのが激辛だけで」

「よしーわかった。すぐ行くべ」

阿久津が電話を切ったあと、清花は村のポスターに目を止めた。それは村内の施設などを描いたイラストマップで、キャンプ場や神社の他にも、ヤマヒト神の洞穴や、道端のお地蔵さんまで案内されていた。子捨ての杜を探そうと思ってここへ来たなら、キャンプ場と洞穴が近いことはマップでわかる。

阿久津に連絡したことを告げるため休憩場へ戻っていくと、ケタケタと笑う子供の声と、勇のはしゃいだ声がした。二人はスルメを咥《くわ》えたままで、畳の部屋を走り回っている。逃げる子供を勇が後ろから捕まえて、抱き留めたところであった。勇の上半身はランニングシャツで、子供も下着姿になっている。

「ちょっと、なにやってんのよ」

清花が言うと、

「お姉ちゃんが来たから服を着ようか」

と、土井が二人にニコニコ笑った。

「スルメ『ふやかし合戦』だ。負けた方が服を脱ぐんだよ」

勇は子供に服を着せながら、小さい背中を清花に向けた。

首より下に治りかけの痣《あざ》がある。この子がお風呂《ふろ》を断ったのは、それを見つかると親が責められると思ったからだ。清花は勇を手伝いながら体の傷を確かめて、ズボンをはかせるときに手を止めた。性的虐待の痕《あと》がある。心臓がバクンと跳ねて、おぞましさに全身から血の気がひいた。こんな小さな子供に対して……まだ桃香と同じ歳なのに……怒りで指先が凍り、目眩《めまい》さえもするようだった。

「清花さん」

勇が首を左右に振った。たぶん、いま、刑事の顔になっていたのだ。

服を着せ終えてから、宴会場になっていた場所の座布団を片付けるゲームをした。勇は遊びを考える達人で、子供が座布団を運んでくると、積み上げた上に彼女を乗せて、また下ろす。子供はせっせと座布団を運び、ついには部屋中の座布団が定位置に積み上げられた。勇よりも高い位置に子供は乗せられ、落ちないように支えられながら、声をあげて笑っている。大したものだと清花は思った。

「勇くんのすごいとこだよ」

と、土井が言う。

「子だくさんパパより子守上手ね」

「施設育ちだからねえ。下の子の面倒をみるのに慣れてるんだよ」

土井がそう言った時、外で車の音がした。阿久津の軽トラックが入ってきたのだ。

「どうするんですか」

清花が訊《き》くと、土井はハの字に眉尻《まゆじり》を下げ、

「任せてみようよ」

と、小さく笑った。すべてを心得ているかのような笑い方だ。

勇が子供を抱き上げて、全員で施設の玄関へ行き、ロックを外して戸を開けたとき、阿久津のトラックの助手席から痩《や》せた女が降りてきた。田中昌子だ。

勇が子供を床に下ろすと、星ちゃんは靴も履かず、一直線に母親の許《もと》へ走って行った。足を捻挫《ねんざ》している田中昌子も懸命に駆け寄ってきて、子供を抱き止めるや小さな肩に顔を埋《うず》めた。その姿はとても虐待を思わせるものではなく、清花はなんだか泣き

そうになった。母親は夫の性的虐待を知っていたのだ。だからこそ子供をここへ連れてきた。星ちゃんを守るために。そう思われた。

二人の姿を隠すかのように阿久津がそばへ寄ってきたので、土井が言う。

「やっぱり、あのお母さんの子だったんですね？　よかったなーっ」

どうして彼女が村にいたのか、どこで何をしていたのか、知りたいことは山ほどあったが、清花は土井に任せて黙っていた。

勇はどこまでわかっているのだろうかと清花は青年を見上げたが、彼はただニコニコとして、こちらを指しながら母親に事情を説明している子供に手を振っている。田中昌子は娘を抱いたまま、何度も何度も頭を下げた。

「いやー、よかった、よかった。ホントに帰って来ましたねえ、お祭りの日に」

そう言う土井を阿久津は見つめ、

「そいじゃあよ、おらは彼女を送ってくっから」

「はいよ、わかった。こっちも宴会場を掃除しとくし」

阿久津は清花に視線を移し、

「じきに女衆が来《く》っからよ。玄関は開けっぱなしでかまわねえから」

「留守番しておくので、大丈夫です」

「バイバーイ」

と、勇が手を振ると、子供は母と手をつなぎ、スルメを舐めながら軽トラックに乗り込んだ。車は駐車場で方向を変え、田中昌子は頭を下げて温泉施設を出て行った。

彼らの車を見送ってから、

「どういうことです？　何か知っているなら話して下さい」

と、清花は訊いた。呑気《のんき》な声で土井が答える。

「サーちゃんさ、宵宮祭りで見たでしょう？　ここが何を大切にしてきたどういう村かということを」

「共同で子育てする土壌があるのはわかっています」

「だよね？　あなた、言っていなかった？　拝殿の前に子供がいるって」

清花は眉間《みけん》に縦皺《たてじわ》を刻んだ。

「子供がいると教えたら、あれは猿だとか地蔵だとか、好き勝手なこと言って取り合わなかったじゃないですか」

「あ、それ言ったの、土井さんじゃなくて俺ですよ」

横から勇が言うのを受けて、

「祭りも今日で終わりだからさ、ぼくらもそろそろ事件を閉めよう」

土井は静かに微笑んだ。

牡鹿沼山周辺の衛星画像が一部削除されていたようだと万羽福子から連絡があったのは、その日の午後のことだった。神社ではまだ獅子舞《ししまい》の奉納や宮おろしなどの儀式が行われていて、土井も勇も男手の必要な神社へ出かけて留守だった。温泉の駐車場に駐《と》めたキャンカーの内部で、清花は福子の報告を受けた。

「削除って、どういう意味ですか？」

モニターに映る福子は胸に微妙な色合いのコサージュを着けている。勇がここで買っていった品だ。

「土井さんに言われて過去の衛星画像を調べてもらったの。そうしたら、当初の画像に映り込んでいる建物が、現在の画像では削除されているとわかったの。衛星画像に映してほしくないものが映り込んでいた場合、サイトに願い出ると消去してもらえる場合があるのよ」

「じゃあ、そこにあったんですね」

「建物がね。今は映っていないけど、土井さんはまだあると思っているみたい」

「え」

清花が眉《まゆ》をひそめると、福々しい顔で彼女は笑った。

「過去のデータを調べて欲しいと言ってきたの、土井さんだもの。だから伝えて。過去データにはありましたって」

「ちなみに、その場所を教えてもらえますか」

「ちょっと待ってね」

と、福子は言って、優雅に画像を切り替えた。

モニターに牡鹿沼山の衛星画像が映し出される。上空から見ると山に挟まるようにして点在する集落がよくわかる。道路に沿って展開されているのがこの場所で、集落を結ぶ細い道がヤマヒト神を祀《まつ》る神社に集約されていく様までありありと見て取れる。キャンプ場と洞穴は社殿の後ろに位置するようだ。

「この部分よ」

と声だけがして、洞穴よりさらに山奥に○が描かれる。何もないただの山である。

「過去画像ではこのあたりに建物があったみたいなの。そんなに広いわけじゃないけど、三百坪程度はあるみたい」

写真が消えて福子が現れる。清花は礼を言ってから、

「コサージュ、よく似合ってますよ」

と、言い足した。福子は照れ笑いしながら、しとやかに通信を終了した。

「ちょいとー、土井さん。土井さーん」

誰かが窓をコツコツ叩《たた》く。車の外には村の女性が待っていて、

「お茶にしねかい」

と誘われた。

宵宮さえ無事に終われば、あとは男たちの祭りだと彼女らは言って、昨晩酒宴に使われた部屋に集まり四方山話《よもやまばなし》に花を咲かせる。飲むのは酒ではなくてお茶だけど、似たような話を何度も繰り返して屈託なく笑う。清花も会話に入りながら、村落を出た若者たちが今は都会で活躍していることを知る。役人になったり、技術者になったり、多くが林業を離れて出て行ったのだ。女たちはこんなにも様々な話をするというのに、消えた女の子が戻ったことについては、「えがったなあ」で終わった。

祭りの夜には消えた子供が返される。

それを不思議がる者は誰ひとりいないのだ。

祭りが終了した夜に、清花らはキャンカーをキャンプ場へ移動させた。

わずか数日で急速に秋が深まって、キャンプ場を囲む森は風の音が変化した。福子からの情報を伝えると、土井は明日、村を出ると言い出した。

「え？　星ちゃんが戻ったからですか？　それでいいんですか」

清花が訊くと土井は答えた。

「や。よくないよ。だから今から山に登ろう」

清花と勇は顔を見合わせた。

キャンカーには人数分のヘッドライトが用意してあって、清花たちはそれを着け、地蔵の場所から山に入った。急勾配《きゅうこうばい》だが木が茂っていないので歩きやすく、ものの数分で洞穴前の広場に出た。田中昌子を救出したときと同じように小さな石像が好き放題の方向を向いている。しゃがんでそれらをよく見ると、どれも優しい顔をしていた。○に目鼻、四角い胴に棒の手足というような拙《つたな》い絵を彫り込んだだけのものもある。

「これって何の為にあるんでしょうね」

勇が訊《き》いた。

「捨てられた子供のお墓じゃないかと思っていたけど、違うのかしら」

「お墓？」

と、土井が頭上で言った。ライトを当てない限り相手の顔は見えないが、また眉をハの字にしているのだろう。

「子供を穴に押し込んで、あとから墓標を置きに来る。そんなふうに思っていたけど、星ちゃん親子を目にしたら、ちょっとわからなくなっちゃったのよね」

「いい子でしたね、星ちゃん。お母さんのこと大好きなんだと思いましたよ」

「やっぱり亭主が死んだから、娘を迎えに戻ってきたのよね。あの子、どこにいたのかしら。名前も言っていたでしょう？　セイちゃんとユカちゃんって、あれって八年前に行方不明になった兄妹《きょうだい》の名前よ。母親は自殺している」

「幽霊といっしょだったってことですか？」

勇が怖々と洞穴を見たので、彼のライトに注連縄《しめなわ》が浮かんだ。祭りがあったので垂れ下がっていた蔦《つた》はきれいに刈られ、注連縄も新しくなっている。前に見たときは俎《まな》板《いた》のように四角い石の上に供物が積まれていたけれど、今は何もなくきれいなものだ。この位置からだと洞穴は見えない。その穴に山で死んだ『お友だち』が暮らしているなら、やっぱりホラーだと思う。

勇がそちらへ近づいて行く。俎板石の前に立つと、

「あ、ホントだ。穴がある」

と、呑気《のんき》に言った。

それは、大人でも屈《かが》めばなんとか入れるほどの細長い岩穴だった。注連縄は穴の左右に立てた二本の柱に結ばれて、風にサワサワ揺れている。内部に明かりを向けると、二メートルほど行ったところで行き止まりになっていた。深さはなく、地面に穴もなければ、人骨も、死体もない。

「ただの穴ですね」

振り返って勇が言うと、土井はポケットから懐中電灯のような物を出してヘッドライトを消した。勇と位置を交替し、穴の内部へ電灯を向ける。スイッチを入れると、内部が無気味な紫暗色に光った。ブラックライトだ。

清花と勇は土井の左右からそれを見た。穴は、行き止まりの手前の壁に薄白い手形が浮かんでいる。位置は低く、手形は小さい。子供の手だと清花は思った。たぶんこれを使うために、土井は夜を待っていたんだ。

「行くよ。二人ともヘッドライトを消して」

清花たちは土井に従った。腰を屈め、頭を低くして岩穴に入る。すると、手形が見えた場所に横穴があった。壁面がやや出っ張っているために、入口からだと行き止まりに見えるのだ。横穴の壁にも無数の手形がついている。穴が狭くて暗いので、自然に壁を触ってしまうのだろう。先頭の土井とすぐ後ろの勇はまだいいが、最後尾の清花に見えるのは勇の体の隙間から漏れる青い光だけである。

　両手で壁を探りつつ、二人を追った。

　ときおり頭上から水が垂れて背中に入る。そのたび清花は壁を這《は》っているかもしれないゲジゲジや、湿った壁に貼り付くナメクジを思った。殺害現場の凄惨《せいさん》さには慣れたけど、得体の知れない生き物だけは勘弁してほしい。

「鍾乳洞《しょうにゅうどう》みたいだなあ」

　と、勇が言う。ブラックライトに浮かぶ壁面はなめらかだ。道は複雑に入り組んでいるが、手形を辿《たど》って土井は進んだ。ここに来てようやく、清花は彼が福子に衛星写真を調べさせた理由に思い当たった。

「どこかへ抜けていると思うんですね？」

　勇の向こうで土井が言う。

「そうでなきゃ、子供が帰ってくるわけないからね」

　洞穴はしばらく下り、また上がって広くなり、再び狭まってついには抜けた。入ってきた場所と同じように蔓草《つるくさ》で覆われた穴だったが、脱け出すと染み入るように夜が香って、頭上に満月が輝いていた。

――おー月さんいくつー、十三なーなーつー。まーだーとしゃわーかいねー――

子供の歌う声がする。先に何棟かの小屋があり、一番大きな小屋から暖かな明かりが漏れていた。電気の光ではなくて、ランプか何かのようだった。

月明かりは森を青白く浮かび上がらせている。柱と屋根だけの四阿に水桶《みずおけ》が造られて、パイプから水が流れている。林の中に手作りのブランコが吊《つる》されていて、草地で焚《た》き火をした跡がある。焚き火のまわりに置かれているのは小さな丸太の椅子である。

きゃー、と子供たちの歓声が上がり、大勢が一斉に笑う声がする。

清花たちは互いに顔を見合わせた。

下草を踏んで明かりの灯《とも》る小屋まで行くと、カーテンもない窓から内部が見えた。保育園のお遊戯室にも似た板敷きの部屋で、子供たちは歌いながら白い団子を丸めている。どの子も顔を粉だらけにして、丸めた団子を皿に盛る。

土井は森から声をかけた。

「こんばんはー」

「はーい」

と、中で声がした。若い女性の声だった。

小屋の戸が開き、男性二人のシルエットが見える。その後ろから、女性がひとり顔を出す。土井は続けた。

「あの……こんばんは。ここはヤマヒト様の家ですか？」

子供たちはお月見の団子をこしらえているところだという。

小屋の男女は清花らを快く招き入れ、大きなテーブルに呼んで座らせた。椅子は丸太を渡したもので、座面だけが平らに削られ、丸い座布団が並べてあった。

「どうぞ」

と、出してくれたのはあの百草茶で、彼らがここで作っているものだと言った。小屋には二組のカップルがいて、団子を作っているのは中学生くらいから二歳くらいまで六人の子供たちだった。

「宵宮のときに阿久津さんから聞きました。もしかしたら、あなた方が訪ねて来るかもしれないと」

それで清花は気がついた。

「もしかして、昨夜神社で見た子供たちって……」

「みんなでお祭りに行っていました」

女性のひとりが頷《うなず》いた。

「ていうか、え？　あなたたち、ここで何をしてるんですか？」

勇が訊くと、

「暮らしています」

と、別の女性が答えた。まだ三十歳前後の若い女性だ。二組のカップルのうち、片方はともに三十代。もう一組は二十歳前後の妻に三十近い夫のようだ。六人いる子供たちのうち三人は彼らの子供なのだと言う。

「星ちゃんは無事にお母さんと会えましたか？」

「阿久津さんが手配して、送って行ったようですよ」

土井の言葉に、

「ああよかった」

と、彼らは微笑む。星ちゃんが失踪《しっそう》時と別の服を着ていた理由は、ここで世話をされていたからだ。

「いったいどういうことなのか、説明してもらわないとよくわかりません」

清花が身を乗り出すと、若い夫婦の夫のほうが穏やかに微笑んで言った。

「ぼくらは木藤《きとう》。もう一組は」

「綾瀬《あやせ》です」

と、若い夫婦も頭を下げた。木藤は続ける。

「宵宮のときに星ちゃんのお母さんが迎えに来たのがわかったので、今朝早く、星ちゃんを温泉の駐車場まで送っていきました」

「え、じゃあ、あなたが？」

綾瀬夫婦がにこやかに頷く。

「あなたが車にいることは阿久津さんから聞いて知っていたので、みんなで星ちゃんを送っていって、キャンピングカーのドアが開いてあなたが出てくるまで、駐車場から見てました」

そうだったのか。朝靄《あさもや》が濃くてわからなかった。清花は改めて室内を見回した。団子を作る子供たちの面倒は中学生くらいの少女が見ている。もしかして、

「あれって、ワラビ採りに来て行方不明になった」

清花は失踪児童に関する資料を思い出した。行方不明になった三歳と二歳の兄妹《きょうだい》はセイタくんとユカリちゃん。その翌年に七歳で失踪した女の子の名前は、

「大島奈津実《おおしまなつみ》ちゃんですか？　もしや」

勇のほうが先に訊《き》く。少女は振り向き、はにかみながら頷いた。

「あなたたちはどうして星ちゃんを、阿久津さんのところへ直接送って行かなかったの?」

土井が訊ねると、木藤が答えた。

「阿久津さんが、そうするべきだと言ったんです。あなたがたは警察関係者かもしれないから、村の事情をきちんと知ってもらう方がいいって」

「え? それは、おーかーしいなーぁ。どうして警察関係者だと思ったんだろう」

土井がとぼけると、木藤の奥さんが脇から言った。

「星ちゃんのお母さんが洞穴に石を置きに来て、崖《がけ》から落ちてケガをしたとき、三人の動きを見てそうじゃないかと思ったそうです。そのあとで阿久津のお婆ちゃんが水仙の球根について聞かれたと。ここでは子供がよく消えるので、捜査に来た人かもしれないと思ったそうです。子供がいなくなるたび栃木県警の人たちも来ますけど、普通の警察官はキャンプ場で何日も張り込みしたりしないから、土井さんたちはちょっと違うと、阿久津さんは気を付けていたようでした」

つまりこちらも阿久津に見張られていたということか。

「ああ、そうか。やだなあ。でも、ぼくらは警察じゃないですよ」

土井は平気な顔で言う。

「それはどっちでもいいんです」

　木藤たちはニッコリ笑った。

「土井さんたちが何者かではなく、村のやり方を尊重してくれる人かどうかが大切で、阿久津さんは土井さんたちを信用したということです。だから宵宮に連れてきた。だから星ちゃんを、お母さんより先にあなたがたに返したんです」

　清花は阿久津の思惑がわかった。阿久津もたぶん、田中昌子が星ちゃんを迎えに来られた理由に気がついたのだ。自分が水仙の球根について阿久津の母親に尋ねたからだ。だから子供を自分に会わせ、星ちゃんにとって何が大切かを考えさせようとした。

　マイペースな勇が悪びれもせず、

「てか、ちょっと待ってくださいよ。神隠しって、ガチオカルトの怖い話かと思っていたけど、これって、あなたがたがヤマヒト様だったってことですか？　誰かが子供を置きに来たら、ここへ連れてきてあげるんですか？　それで、親が迎えにきたら返してあげる？」

　あっけらかんと訊ねると、木藤は答えた。

「宵宮で儀式を見たでしょう？　ここはそういう村なんです。ヤマヒトはかつて山に暮らしていた人たちです。里には住まず、山から山へと渡っていた人々ですが、ここでは彼らを受け入れて、互いにつかず離れずの生活が成り立っていたということでした。山しか資源がないですからね、技術と食料のやりとりとか、互いにメリットがあったんでしょう。子孫を儲《もう》けることも必要だったし……キャンプ場のあたりが境界線で、こちらはヤマヒトの陣地ということになりますが」

「なーるーほーどー」

と、土井が頷く。

「山の民は絶えましたけど、集団で子供を守り育てる文化は残りました。私はここの生まれですけど、妻は山に捨てられた子供です」

奥さんも静かに話す。

「シェルターみたいなものですね。捨てられた子もいるけれど、事情があって親から隠されている子もいます。私の場合は父や兄の性暴力から逃がすために捨てられて、ここで夫と出会って結婚しました。今の家族は彼と子供たちだけ。それでいいと思っています」

「戸籍はどうなっているんですか」

清花が訊いた。

「戸籍は普通に生きています。綾瀬さんたちもそうですが、ご主人のほうがヤマヒトの子で……ヤマヒトの子というのは、ここに来て、ここを出て行かない子をそう呼ぶんです。何かの事情でここへ来ても、囚《とら》われているわけではないんです。戸籍もあるし、村に現住所もあって、外で情報を仕入れることも、街へ働きに出ることも可能です。村の人たちがここで子供たちに勉強を教えることもあれば、子供たちを村に連れて行って学ばせることもあります。一度預けられても親が迎えに来れば帰れますけど、そうかといって、行ったり戻ったり簡単にできると思われてはいけないので、石を動かすことで気持ちを示し、阿久津さんたちが状況を調べて、大丈夫そうなら祭りの夜に確認し、翌朝戻すことにしています。十八になって独り立ちできるようになってから、先《ま》ずは村で働いて、そこから巣立っていく者も」

「星ちゃんの場合は虐待していたお父さんが亡くなったから、戻しても大丈夫と思ったんですか？」

清花が訊くと、

「戻す理由は、私たちにはわかりません」

と、木藤が答えた。

「村の三役が確認して、親元に帰った方が幸せだと思えば返します。もちろん本人の意思も確認しますが、あまり小さいとフラットな判断は無理なので」

「増田照美さんをご存じでしょうか」

聞くと木藤の妻が答えた。

「照美ちゃんとは仲良しでした。私は彼と結婚して残りましたが、照美ちゃんは町の生活が好きだと言って、十八でここを出て行きました。でも、いつも手紙をくれていて、付き合いはまだあります。いい人と結婚して、子供も生まれて、幸せにやっていると言っていました」

夫に殺害されたことは知らないようだ。

「お団子できたー！」

と、歓声が上がり、子供たちが小皿に取り分けた団子を清花たちのほうへ持って来てくれた。小さなお皿に団子がふたつ。いびつだったり小さかったり大きかったりするそれを、「どうぞ」と、それぞれの前に置く。月明かりが望める窓辺には小さな台が設《しつら》えてあり、花瓶にススキが挿してある。三宝に盛り付けた団子を供え、子供たちが歌っている。

——お月さんいくつ、十三ななつ、まだ歳ゃ若いね——

コロコロと虫も鳴いている。子供たちはお座りをして、一番小さい子は待ちきれずに団子をかじっている。百草茶の香りが室内を漂い、針葉樹の風が渡った。

ヤマヒト様は子供好き。可哀想な子をさらって行く。本堂照美はここで育った。そして村を出ていって、見かけ倒しの男と恋に落ち、再び家庭内暴力の犠牲になった。それでも彼女は最後まで息子を守ろうとした。夫の暴力に怯えた最中《さなか》、もしかして、彼女は、息子を連れてここへ戻りたかったのではなかろうか。

子供は親といるのが幸せか。どんな親でもそうだろうか。

――家族は彼と子供たちだけ。それでいいと思っています――

木藤の妻の言葉と覚悟が清花の胸に染みていた。

再び鍾乳洞《しょうにゅうどう》を通り抜け、ヤマヒト神の洞穴の前まで戻った。阿久津の母親が毎日ここへ詣《もう》でるわけは食料を配達していたからだ。たぶん村中の人たちが、野菜を持ったりオモチャを持ったり、菓子を持ったりしてここへ来るのだ。そしてそのとき子供がいれば洞穴の奥へ連れて行く。村営バスにそれらしき親子が乗ったとき、キャンプ場の防犯カメラにそれらしき者たちが映ったとき、子供に危険がないうちに村の誰かがここへ来て、子供を守って奥へ行く。ここはそういう場所だったのだ。

「村の人は俺たちのこと、お見通しだったんですね」

再びヘッドライトを灯《とも》して勇が訊《き》いた。下りは滑って危ないので、地蔵の脇から入る道ではなくて、遠回りになる車道を通ってキャンプ場へ向かう。月明かりが森の影をくっきりと道に落として、どこかでフクロウの鳴く声がする。得体の知れないヤマヒト神は、ととっ毛を摑《つか》んで子供を守る本物の山姥《やまんば》だったということだ。

「でも、どうして本当のことを言わなかったんですか？」

清花は土井の背中に訊いた。

「本当のことって？」

「警察関係者ではないと、とぼけ通したじゃないですか」

土井は歩きながら振り返り、「サーちゃんさ」と、清花に言った。

「嘘も方便って知らないの？」

「この場合と意味が違うと思います」

「たしかに」

と、勇が笑う。

「家庭内の事情は見えにくい。だから放っておいていいわけじゃないけど、当事者が声をあげない限りはトラブルに気がつけない。そして子供が犠牲になったり、誰かが犠牲になってから、もっとなんとかできなかったのかと悔やむんだ。ぼくらはいつも思ってる。こうなる前に打つ手はなかったんだろうかって」

清花は無言で首をひねった。土井は続ける。

「たとえばぼくが、隣の家の子を預かって欲しいと頼まれて、自宅でその子と暮らしたとする。それは罪にはならないよね」

「他人の子供を育てる場合、同居人として住民登録をすれば養子縁組をする必要はナシです。戸籍は抹消されないし、行政サービスも受けられる。また、子供が行方不明者で、後に親元へ戻った場合も、法律的に報告義務は特にナシです」

と、勇が言った。

「つまり村の人たちは何ら法的に責めを負う立場ではないって言いたいわけね。まあ、それはそうだわね。行方不明事件で被害を受けたのは、無駄に捜索させられた栃木県警とボランティアの人たちだけだもの」

「だってそれも、行方不明にしておかないと子供を守れなかったからですよね。それを罪に問えるかと言ったら」

どうなんでしょうねと勇は唸《うな》る。

「田中昌子はどうですか？　彼女は水仙毒を用いて夫を死なせたのかもしれない」

「立証できるの？」

土井は眉《まゆ》をハの字にして訊いた。夫の死体は火葬され、司法解剖もされていない。田中昌子は水仙毒を用いれば殺害が可能だと知っていた可能性があるけれど、村の人がそれを用いて夫を殺せと言ったわけではないし、実際にどうしたか証明する術《すべ》もない。すべては清花の推理に過ぎない。

「手柄を立てたい刑事がいたとして、水仙毒を使った犯行を立証しようと躍起になっても、実際には立証できない。サーちゃんがそうではないかと疑っているだけの話だよね」

「それは確かにそうなんですけど」

「じゃあ何が不満なの？」

と、土井が訊く。清花は深く考えてみた。

「刑事の習性として、疑わしきは立証したいというのがひとつあります。でも、それだけじゃなく、すごくモヤモヤするんです」

「それは田中昌子に罪を償わせたいから？」

清花は首を傾げて言った。

「犯罪を立証できない限り罪に問うことはできません。だから償いを求めているのかと問われれば、少し違う気もします。彼女は子供を三人産んで、星ちゃん以外は喪《うしな》いました。星ちゃんは最後に残った子供で、しかも性的虐待を受けていた……もしも私が田中昌子の立場なら、同じことをしたかもしれない」

「おいおい」

　と、土井が言う。

「毒を盛らないまでも、反撃して夫を殺していたかもしれません。警察に逮捕され、裁きを受けてやり直したかも。それでも私は決して後悔しないと思う。子供を守るためならば、母親は夜叉《やしゃ》にだってなる。逮捕されたら何が起きていたかも明かされる。殺人の理由が知らされて、夫の罪も明白になる。だから……ああ、そうか」

　清花はようやく顔を上げ、土井を見つめてこう言った。

「彼女を独りで闘わせたことが悔しいんだと思います。犯罪を立証できないことも、夫殺しを告白し、罪を償う機会を彼女に与えてやれなかったことも、私はきっと悔しいんです」

　土井は深く頷《うなず》いた。

「この班で、ぼくらはそれをしたいんだ」

　わかっている。今はそのことを知っている。

「どうやってそれをするんです？」

立ち止まって空を見て、深呼吸するような調子で土井は言う。

「うん。そうだな……先《ま》ずは……阿久津さんに協力者になってもらおう」

「え？」

「この村はいい村だ。問題を抱える家庭はたくさんあるし、ほんの少し助けがあったら生きていける家族も多い。ぼくらはここを知ったわけだから、互いに協力できると思うよ。そうじゃないかい？」

「どうやって？　組織的な活動は村の人が喜ばないと思いますけど」

「そんな難しい話じゃないよ。村が助けを必要とするならぼくらが助ける。ぼくらが助けて欲しいときには、助けて欲しいと相談をする。そういう関係でいればいい」

「それで何か変わるんですか？」

「変わるとぼくは信じてる。ぼくらは逮捕できないけれど、左遷組だからこそできることは、きっとある」

「土井さんが言うとホントにそうなる気がするから不思議っすよね」

勇の言葉を聞き流し、土井は優しい声で続けた。

「サーちゃんにぼくが言いたかったのはね、難しく考えすぎる必要はないってことだよ。ぼくらは一人でだって生きられるけど、一人じゃできないことは多くて、そんなとき誰かがいてくれるってのが大切だと思うんだ。あとさ、子供が子供でいられる時間はすごーく短い。一分は一分なのに、村の一分は長いよね。都会の一日と村の一日、比べてみたらこっちが長い」

「おおー。じゃ、村で九十歳のお婆ちゃんは、都会だと百五十歳くらいってことですね？　スゲーな」

勇は呑気《のんき》に笑っている。

「つか、ここは食べ物ぜんぶおいしかったっすね。買ったスルメでさえもおいしかったですからね。空気のせいかな」

「月見団子もおいしかったわ」

「だから娘さんを連れてきて、長い時間を楽しむといい。村の人たちも喜ぶし、サーちゃんちの子も喜ぶだろ？」

確かにそうだと清花は思う。子供が子供でいられる時間は確かに短い。子供たちはわずかな時間に多くを学び、好奇心を満足させながら成長していく。星ちゃんもまたこの村へ遊びに来たりするのだろうか。桃香はヤマヒト様の子たちと出会うだろうか。そして違った世界を知るのだ。山の恵みを大切にして緩やかに暮らす人々の世界を。

「あ……なんか、そんなこと言ってたら腹減ってきたんですけど」

「インスタント麺《めん》ならあるよ。激辛ラーメンのほかにも、ご当地名物の佐野《さの》ラーメンを阿久津さんからもらったんだよ」

「またラーメン？」

清花が悲鳴を上げると、

「空気がおいしいから絶対に美味《おい》しいって」

と、土井は笑った。

頭上には転がり落ちて来そうなほどに太った月が照っている。肺にしみ通る夜の空気を吸いながら、いつか桃香を連れて来ようと清花は思う。ポケットからグミを出し、一粒口に入れてから、勇と土井にも分けてあげた。

「グミグミした感じが苦手なんだけどなあ」

文句を言いつつ、土井がイチゴ味のグミを取る。勇はコーラ味をつまんで言った。

「これの長ーいヤツってあるじゃないですか。あれ、食べたことあります？」

「ないわよ。無駄に甘いヤツでしょ？　私は果汁入りしか買わないんだから」

「え、そうなんだ、けっこう楽しいのにな。てか、これ、コーラじゃないですか」

「丸山くんって子供みたい」

青年はヘラヘラ笑ってから、両手を頭の後ろで組んだ。

「清花さん。果汁入りでなくてもグミは美味しいし、左遷組でもいい仕事はできるんで……ていうか、土井さんはやっちゃうんですよ。あのキャンカーだって、偉い人をねじ伏せてオンボロ仕様にしちゃったんだから」

「勇くんは、ねじ伏せてとか言わないの。たまたまね、偉い人たちとつながりがあって、色々と知っていただけのことだから」

清花は眉間《みけん》に縦皺《たてじわ》を寄せて土井を睨《にら》んだ。

「それって、なにかをネタに上の人を強請《ゆす》ったってことですか」

「そうとも言う」

土井はニタニタ笑っている。

「結局のところ、神隠し事件はどういう幕引きになるんです？」

清花の問いに土井は答えた。

「子供の失踪《しっそう》については、ヤマヒト神の洞穴より奥にあった当該施設の存在を報告しておくよ。もしもまたこの村で神隠し事件が起きたときには、騒がずに対処するよう申し送り事項となるはずだ。植物毒を用いた殺人については立証できない。ただ、田中母子《おやこ》については行政と連絡を取り合って、生活のサポートにつなげようと思ってる。それと、さっきも言ったように阿久津さんに協力を仰いで、田中昌子と『エフ』のパイプはつないでおこうと考える。子供たちが幸せに、きちんと生活していけることが、何よりも大切だからね」

「所轄への報告はどうします？」

勇が訊《き》くと、土井は笑った。

「なにを報告？　ぼくらはポンコツ捜査官だよ？　子供が神隠しに遭うってさ、そんな難しい事件を解決できるわけないじゃない」

「うわー……万羽さんが怒りそうですねえ」

勇が笑うと、

「謎は解けたし、いい仕事をしたね」

土井は二人の真ん中にきて、勇と清花の肩を抱いた。

「明日のニュースは大騒ぎでしょうか。星ちゃんが見つかったって」

「それもないよ」

と、土井が言う。

「さっき勇くんが言ってたように、発見したと報告する義務はないしね。報道陣に囲まれて、色んなことを取り沙汰《ざた》されて、家庭内のことが晒《さら》されて、やっと生きていた二人が食い物にされる必要なんか、これっぽっちもないんだから」

「幸いというか、なんと言おうか、俺は生活安全局なんで。二人のことはしっかり行政につなぎますんで」

いつも飄々《ひょうひょう》としているくせに、こういうときだけ胸を張る。清花はこの青年を眩《まぶ》しく思う。結果や結論だけを急いでも個人の幸福にはつながらない。彼らが闘って手にしたものを徒《いたずら》にかき乱したり奪ったりしない。そんな捜査があるのだろうかと思うけど、土井がやろうとしていることが清花には少しわかった気がした。

それは村の暮らしに似ている。すぐには何も変わらない。でも、それでいい。土井たちは『今』ではなくて『未来』を見ている。自分の益ではなく全体の益を。どんな世界を引き継がせ、そのために何を遺《のこ》すべきかを考えている。

森のどこかでフクロウが、『ほーい、ほーい』と笑っている。清花は田中母子の様子をコッソリ見守って行こうと決めた。

エピローグ

神隠し事件の報告書がまとまって、久々に連休を取ったのは、桃香の小学校で運動会があるからだった。清花は早起きをして義母《はは》を手伝い、お弁当を作って桃香の小学校へ出かけて行った。夫の勉はカメラを抱え、義母は双眼鏡とお弁当を持ち、三人が座る椅子は清花が運んだ。実は土井に無理を言い、折りたたみのキャンプ用チェアを借りたのだった。新しい上司が椅子を貸してくれたと言うと夫は複雑な表情をしたが、椅子自体は便利だと思ったようで、そのことで揉《も》めたりはしなかった。今は義母が椅子に掛け、双眼鏡で孫の姿を追っている。

離婚届は清花が預かったままだった。その後も勉は関係修復の話をしようとしないし、義母や桃香の前で声を荒らげることもない。けれど二人の間には余所余所《よそよそ》しい空気が漂って、清花がどう取り繕おうとも、勉は自分を変えられない。元々そういうことができる人ではないのだ。器用に上辺を繕うことも、自分の悲しみを隠すことにも長《た》けていない。桃香や義母が心配するのを自分のせいだと思い詰め、ますます不機嫌になっていく。家事に長けた義母の才能を認めることで清花と義母との溝は埋まってきたけれど、今度は夫が孤立を深め、表情が硬くなっていた。

空は青く、風は爽《さわ》やかで、気持ちのいい日であった。子供たちの歓声は元気に響いて、応援する保護者は笑顔だ。こうした何気ない一日を守るための仕事をするのだと、清花は自分に向かって言った。それは白星を必要としない。注目されることはなく、誰も喝采《かっさい》を送らない。表彰されることもない。けれど、本当に大切で、やるべき仕事だと思えて来たのだ。もしも勉に許しを請うて家に居る時間を優先し、土井が言うように子供の時間に寄り添って仕事をしたなら、今ならまだ、勉の妻に戻れるかもしれない。けれどもそれができるかと自分に問えば、それは私じゃないと清花は思う。私には私にしかできない仕事があって、それは桃香の母であることと矛盾しない。桃香の母でありながら警察官であり続けることは可能なはずだ。

桃香が出場した種目が終わって、勉が座席に戻って来、義母がトイレへ立って行った隙に、清花はサインと押印を済ませた離婚届を勉に渡した。彼は変わることができないし、私も変われない部分がある。それはどうしようもないことだ。嫌いになったわけじゃない。結婚生活から逃げたいと思ったわけでもない。けれど土井と一緒に新しい仕事をやるために警察は辞められない。今さら辞めるくらいなら、最初から刑事を目指したりしなかった。けれど、でも、勉が望むような妻にもなれない。そのことで彼が傷つくのなら、結婚という形にしがみつく必要はないと思うのだ。

「今も昔もあなたが好きよ。だけどあなたはそうじゃない。そんなあなたを見るのは辛《つら》い。私が傷つけているとわかるから……だから木下清花を引退して、鳴瀬《なるせ》清花に戻ろうと思う」

もっと反応するかと思っていたのに、勉はそれを受け取ると、

「悪いな」

と、ひとこと言って上着の胸ポケットにねじ込んだ。もはや修復不可能なほど、心が離れたと思い知らされるリアクションだった。

「ねえ……話だけ聞いて欲しいの」

夫は無言で上級生の玉入れを見ている。

「妻と嫁の役はおりるけど、母親だけは辞めないから」

夫は「む」と短く唸《うな》った。

「おまえらしく都合のいい言い草だな。桃香のことは俺や母さんに押しつけるけど、

母親面はさせて欲しいと言っているのか？」

「そうじゃなく……」

「そんな母親がどこにいる」

罵《ののし》る夫に清花は答えた。

「どこにもいない。『そんな母親』には、私がなるの」

彼は呆《あき》れ顔で清花を睨《にら》んだ。清花はさらに言いつのる。

「私から桃香を取り上げないで。桃香からも私を取り上げないで。桃香は言ったわ。ママとパパ、どちらかを選べと言われることは、右手と左手、どっちを切り落とすか聞かれることとおんなじだって」

勉は深刻な顔をする。

「桃香が言ったのか？　そんなことを」

「私が自宅待機処分になったころにね。マンションの階段であの子が言ったの。私のせいよ、わかってる。あなたでもお義母《かあ》さんでもなく私のせいだった。お義母さんはとても優秀で、だから対抗心があったんだと思う。私としては、やっと要職に就いたのに応援してくれないあなたに不満もあった。あなたはいつも私を心配してくれたのに、お義母さんだって、ずっと私たちのために家のことをやってくれたのに、私は対抗心ばかり燃やして感謝しなかった。あなたに嫌われて当然で、むしろ、よく今まで一緒にいてくれたと思ったわ。悪いのは私。一人で一杯一杯になって、自分だけが苦しんでいると思い上がって、あなたを深く傷つけた……桃香への愛情が自己顕示欲にすり替わっていた。感謝して頼ればよかったのに、私はそれができなかったの」

「何を今さら……勝手なことを」

「そう、私は自分勝手だった。班長を任されて、テンパって、余裕がなくて……でも、自分ではそれすらわからなかったの」

「今ならわかるのか」

と、彼は嗤《わら》った。

「少しはね。今回のことで色々と反省したけれど、たぶん急には変われないと思う。頑固で意地っ張りな性格だから、頑張ってみるけどすぐには変われないかもしれない。勉は私とお義母さんを比べるけれど、私はお義母さんみたいにはなれない」

私を誰かと比べないで欲しい。ほかの母親と比べないで欲しい。誠心誠意頑張ったって誰かにはなれない。それでも私は私なりに誰かから吸収して努力する、それならできる。すぐには無理でも変わっていける。清花は夫の腕に手をかけた。

そこへ義母が戻ってきた。息子夫婦が寄り添っているのを見ると、足を止めて嬉《うれ》しそうに微笑んだ。

「お義母さん。いつもありがとうございます。お義母さんがいなかったら、桃香はあんないい子に育たなかったかもしれない。きっと、もっと寂しい思いをさせて……」

言葉に詰まると、

「やだ。なあに？　急に改まって」

と、義母は笑った。

「共働きなんだし、手が空いてる『ばあば』が孫を見るのは当然でしょ？　家族なんだもの。あ、ほら見て、あそこ。桃ちゃんたちもおやつの時間よ」

グラウンドの向こう側では上級生が下級生におやつを配り始めている。桃香は座席に立ち上がり、こちらに手を振っている。バナナをもらったら十分間の休憩になるのだ。清花と勉と桃香の『ばあば』も、こちら側から手を振った。

普段は消極的で大人しい桃香が、進んでバナナをもらいに行った。そしてグラウンドを突っ切って、一目散に駆けてきた。腰を落として両腕を広げた清花の胸に、娘は迷わず飛び込んで来る。そして『ばあば』とハイタッチして、照れくさそうに、父親のカメラにピースサインを送る。

「桃ちゃん、いいわねー。バナナもらったの？」

子供たちは家族の許《もと》へ行ったり、友だち同士でじゃれ合ったりして休憩時間を楽しんでいる。『ばあば』は膝《ひざ》に孫を抱き、バナナを分けてもらっている。

そんな二人を勉はカメラに収めてから、

「今度の部署は大丈夫なのか」と訊《き》いた。

大丈夫って？　と、聞き直すところを清花はグッと息を呑《の》み、

「強行犯を扱う部署じゃないから、一般人に交じって仕事をしてるの」

と、答えた。

「殺人犯と対峙《たいじ》したり、家族を危険にさらしたりすることはない部署よ。でも出張が多いから、やっぱり家を空けてしまうことになる。あなたにもお義母さんにも迷惑をかけるわ。前より休みは取りやすいとしても」

勉は初めてまともに清花を見つめ、何を思ってか、頷《うなず》いた。

「もうしばらくは、俺たちのことを黙っていよう」

清花にだけに聞こえる声で言う。

「清花は出張ばかりだったし、もともと家にいなかったから、同居人のようなものだしな……桃香もまだ小さいし」

そして桃香と義母《はは》を見た。

「俺たちは終わっても、おまえが桃香の母親だ……木下でも鳴瀬でも、桃香には関係ない。母さんには……」

そのうち話そう。二人で一緒に、と、夫は言った。

「ありがとう」

と、清花は答えた。『ばあば』の膝で娘が笑う。

「桃香のママは刑事さん。

食べ終えたバナナの皮を受け取って、清花は娘の前に膝を折り、一言一句を嚙《か》みしめるようにして伝えた。

「ママは刑事さんを辞めたのよ。だから、もう、悪い人たちをやっつけないの」

「刑事さん、やめたの？」

桃香は首を傾げて、残念そうに清花を見つめた。

「そう。だから今度はね」

と、清花は話す。誠実な声で。

「困っている人を助けるの。たくさん助けて、悲しい人がいなくなるように頑張るの」

「ママすごーい」

桃香は瞳《ひとみ》を輝かせ、清花の首に抱きついた。そして『ばあば』と手をつないだまま、もう片方の手で父を手招き、写真を撮ってと身振りで示した。近くにいた人にカメラを渡し、みんなで写真に収まった。グラウンドの上で万国旗がはためき、さらに上なる青空に飛行機雲が伸びていく。

清花は土井の言葉を思った。子供が子供でいられる時間はとても短い。だから私も未来に目を向け、未来を作っていけたらと。

警察庁特捜地域潜入班。左遷組の私が着任したのはそういう班だ。

to be continued.

参考文献

『誕生日を知らない女の子　虐待──その後の子どもたち』黒川祥子　集英社　２０１３年
『警察官僚　完全版　知られざる権力機構の解剖』神　一行　角川文庫　２０００年
『宗教の日本地図』武光　誠　文春新書　２００６年
『警視庁捜査一課殺人班』毛利文彦　角川文庫　２００８年
『やまんばのにしき』松谷みよ子／文　瀬川康男／絵　ポプラ社　１９６７年
『奥信濃の祭り考』斉藤武雄　信毎選書　１９８２年
『大神楽研究指導の手引き　大神楽考　獅子舞の歴史を訪ねて』
大神楽研究指導の手引発行委員会／編　冨建千引神社神楽保存会　１９８３年
『山岳信仰伝承と景観　虚空蔵山を中心に』笹本正治　岩田書院　２０２２年
『術』綿谷　雪　青蛙房　２０１３年
『怖くて眠れなくなる植物学』稲垣栄洋　ＰＨＰ研究所　２０１７年
お月さんいくつ　栃木県民謡（楽譜）日本子守唄協会
https://www.komoriuta.jp/ar/A07073102.html

本書は書き下ろしです。
この作品はフィクションであり、実在の人物、団体、事件等とは一切関係ありません。

FIND《ファインド》　警察庁《けいさつちよう》特捜《とくそう》地《ち》域《いき》潜入《せんにゆう》班《はん》・鳴瀬《なるせ》清花《さやか》

内藤《ないとう》了《りよう》

角川ホラー文庫　23432

令和4年11月25日　初版発行
令和5年5月15日　6版発行

発行者——山下直久
発　行——株式会社KADOKAWA
〒102-8177　東京都千代田区富士見2-13-3
電話 0570-002-301（ナビダイヤル）
印刷所——株式会社KADOKAWA
製本所——株式会社KADOKAWA
装幀者——田島照久

●お問い合わせ
https://www.kadokawa.co.jp/（「お問い合わせ」へお進みください）
※内容によっては、お答えできない場合があります。
※サポートは日本国内のみとさせていただきます。
※Japanese text only

ISBN978-4-04-112601-1　C0193

◆◇◇

角川文庫発刊に際して

角 川 源 義

第二次世界大戦の敗北は、軍事力の敗北であった以上に、私たちの若い文化力の敗退であった。私たちの文化が戦争に対して如何に無力であり、単なるあだ花に過ぎなかったかを、私たちは身を以て体験し痛感した。西洋近代文化の摂取にとって、明治以後八十年の歳月は決して短かすぎたとは言えない。にもかかわらず、近代文化の伝統を確立し、自由な批判と柔軟な良識に富む文化層として自らを形成することに私たちは失敗して来た。そしてこれは、各層への文化の普及滲透を任務とする出版人の責任でもあった。

一九四五年以来、私たちは再び振出しに戻り、第一歩から踏み出すことを余儀なくされた。これは大きな不幸ではあるが、反面、これまでの混沌・未熟・歪曲の中にあった我が国の文化に秩序と確たる基礎を齎らすためには絶好の機会でもある。角川書店は、このような祖国の文化的危機にあたり、微力をも顧みず再建の礎石たるべき抱負と決意とをもって出発したが、ここに創立以来の念願を果すべく角川文庫を発刊する。これまで刊行されたあらゆる全集叢書文庫類の長所と短所とを検討し、古今東西の不朽の典籍を、良心的編集のもとに、廉価に、そして書架にふさわしい美本として、多くのひとびとに提供しようとする。しかし私たちは徒らに百科全書的な知識のジレッタントを作ることを目的とせず、あくまで祖国の文化に秩序と再建への道を示し、この文庫を角川書店の栄ある事業として、今後永久に継続発展せしめ、学芸と教養との殿堂として大成せんことを期したい。多くの読書子の愛情ある忠言と支持とによって、この希望と抱負とを完遂せしめられんことを願う。

一九四九年五月三日